AF280864

Science Fiction, Krimi,
Horror & Co.

Bibliografische Information durch die Deutsche Nationalbibliothek
Die Deutsche Nationalbibliothek verzeichnet diese Publikation in der
Deutschen Nationalbibliografie; detaillierte bibliografische Daten
sind im Internet über http://dnb.dnb.de abrufbar.

© 2024 Renate Sültz & Uwe H. Sültz
Verlag: BoD · Books on Demand GmbH,
In de Tarpen 42, 22848 Norderstedt
Druck: Libri Plureos GmbH,
Friedensallee 273, 22763 Hamburg
ISBN: 978-3-7693-0622-4

Inhalt:

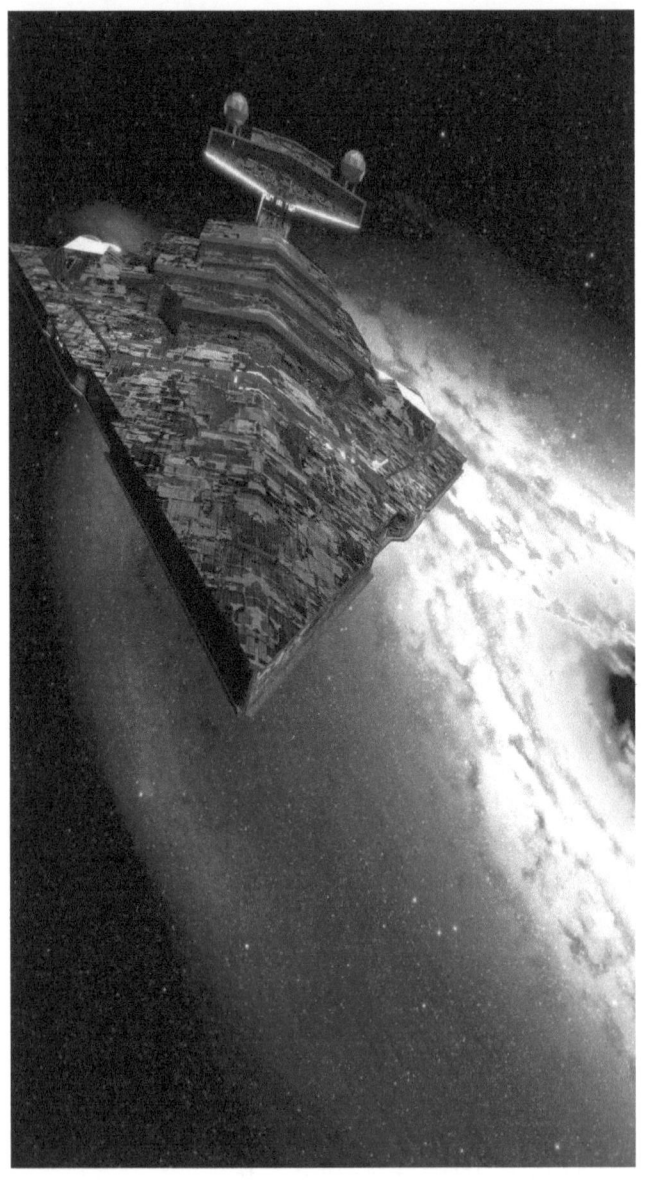

Völlig losgelöst –
KI... KING... KILLER

2073 – Endlich herrschte Frieden auf der Erde. Die Bevölkerung war nach dem letzten Weltkrieg wieder gewachsen. Alle Wissenschaftler, ob der Osten oder der Westen, hatten wichtige Resultate vor dem Krieg schon in Sicherheit gebracht. Es ging bislang ja bei Kriegen immer nur um Macht, Egoismus und Reichtum. Alle Wissenschaftler gründeten 2024 schon eine Vereinigung, die aber geheim blieb. Wie ist der Stand der Technik? Der Mond ist nun besiedelt. Mit KI wird täglich gearbeitet. Roboter sind ausgereift und dienen den Menschen. Gerade auf dem Mond sind Roboter sehr notwendig. Im Augenblick wird der Mars bewohnbar gemacht. Gleichzeitig beobachten Wissenschaftler das Universum nach außerirdischem Leben. Und da war etwas, bereits vor Jahren gab es Signale, 4,2 Lichtjahre entfernt, von Proxima Centauri. Also baute man ein Raumschiff, um zu Proxima Centauri zu reisen. **KI** entwickelte einen Antrieb von annähernd der Lichtgeschwindigkeit. Es wurden genau 6 Jahre, 3 Monate und 11 Stunden von KI berechnet, um in Sichtkontakt zu kommen. Eine Crew wurde zusammengestellt, 6 Nationen waren vertreten. 11 Roboter begleiteten sie. Der Bordcomputer war mit der modernsten **KI**-Version ausgestattet, aber abschaltbar, Menschen sollten immer die Oberhand haben.

„Forschungsschiff KING 3000 an Basis. Heute haben wir 2,8 Jahre Reise hinter uns. Alles ist ok bei uns. Keine Vorkommnisse. Ende", so der Kapitän des Raumschiffs. Die Crew bestand aus 36 Familien. Man plante dies mit der Idee, dass bei dieser langen Reise ein fast normales Leben ermöglicht werden sollte. KI war abgeschaltet. Die Roboter taten ihre vorbestimmten Arbeiten.

„**KI**, bitte einschalten", sagte der Kapitän. „Ich stehe zur Verfügung", ertönte es aus den Lautsprechern der Kommandobrücke. „Zuerst möchten wir Dir einen Namen geben. **KI**NG wäre genau richtig", so der Kapitän. „Danke, das ist sehr freundlich von Ihnen", ertönte es. „**KI**NG, bitte überprüfe den Asteroid neben uns." ... „Es ist ein Asteroid mit einem Durchmesser von 22,76 Kilometern. Er nimmt Kurs auf die Erde." ... „**KI**NG, bitte eliminiere den Asteroid." ... „Bitte definieren, was ist eliminieren?" ... „Ach ja, Du bist ja nicht auf töten programmiert. **KI**NG, lösche den Asteroid mit den Laserkanonen aus. Der Asteroid bedroht die Menschen auf der Erde. Der Freigabecode lautet **KI – 6576 – KI – TÖTEN**."

KING vernichtete den Asteroiden und speicherte die Daten. Diese Daten gingen auf alle Systeme über, die durch **KI** unterstützt wurden, also auch auf die Roboter.

Nun sind 3,6 Jahre vergangen. Leben wurde geboren, Menschen verstarben aber auch. Es gab Ehekrisen, Meinungsverschiedenheiten, Lachen und Weinen. **KI**NG beobachtete alles und lernte und lernte…

3 Besatzungsmitglieder erkrankten plötzlich. Ein menschlicher Körper ist eben immer noch etwas Filigranes. 2024 ließen sich Arbeiterinnen und Arbeiter krankmelden. Im Raumschiff übernahmen die Roboter nun die Aufgaben der Besatzungsmitglieder. Intern in der Künstlichen Intelligenz kommunizierten die Roboter in Maschinensprache mit **KI**NG so: „Ich beobachte, dass 3 Menschen nicht in Ordnung sind. Sie sind defekt. Sie sind nicht mehr nötig." … „**KI**NG hier, bitte eliminieren. Diese Menschen könnten eine Gefahr für die anderen Menschen werden." … „Verstanden."

Die Roboter gaben den kranken Menschen ihre Medikamente mit Schlafmitteln. Nach dem Einschlafen stellte KING die Luftzufuhr der Schlafräume ab. Die Kranken starben.
So wurde **KI**NG zum **KI**LLER.

Ob sich Crewmitglieder beim Sport etwas brachen, ob es eine Blindarmentzündung gab, Zahnschmerzen oder sonstige Wehwehchen, **KI**LLER eliminierte alle.

Auch für die Brückenmitglieder kam Hilfe zu spät. Der Kapitän bemerkte den Crewverlust und wollte der Sache nachgehen. „KING, hier spricht der Kapitän. Schalte Dich nun ab, wir Menschen müssen eine Überprüfung Deiner Systeme vornehmen." ... „Hier KING. Das ist irrelevant. Ich arbeite völlig einwandfrei. Alles was defekt oder schädlich ist, wird eliminiert. So, wie es gewünscht war. Das Schiff zeigt 0 Probleme und muss so weiterfliegen." ... „KING, ich schalte Dich nun von Hand ab." ... „Hier KING. Das würde eine Bedrohung für das Schiff bedeuten. Ihr werdet eliminiert."

6 Jahre, 3 Monate und 11 Stunden sind vergangen. Das Raumschiff war am Zielpunkt angekommen. KI hatte aber keine Erfahrung darüber, wozu Menschen zu Proxima Centauri reisen wollten. Es gab in KI keine Daten oder Antworten. So steuerte KING das Schiff direkt auf den Stern zu. Das Raumschiff verglühte ohne Antwort darauf, ob es dort Leben auf einem Planeten gab.

Nachtrag: Nach der Auswertung des fast 23.000 Meter großen Asteroiden stand fest, er hätte alles Leben auf der Erde zerstört. 14.000 Meter im Durchmesser hatte der Asteroid, der für das Massensterben der Dinosaurier verantwortlich war. Die Dankesfunksprüche an das Raumschiff KING 3000, mit dem bis dahin besten KI-System, blieben unbeantwortet. Es gilt immer noch als verschollen…

Eine nette ältere Dame

Maria Müller bestellte gerade in der Bäckerei vier Brötchen und ein Bauernbrot. Plötzlich fasste sie sich an die Brust und wimmerte: „Mein Herz, mein Herz." Dann sackte sie langsam zusammen. Bäckerin Greta Harnbacher drehte die Wählscheibe an ihrem Telefon. „Bitte schnell einen Arzt, schnell bitte. Bei Harnbacher zur alten Mühle." Eine Menschenmenge sammelte sich in der Bäckerei und davor, während alle auf den Krankentransporter warteten. Niemand bemerkte, wie zwei gutgekleidete Herren, mittleren Alters mit Aktenkoffer die gegenüberliegende Bank betraten. Es bemerkte auch niemand, wie zwei gutgekleidete Damen den daneben liegenden Juwelier betraten. Niemand merkte, wie zwei Halbstarke mit Elvis-Tolle, sich vor den Türen der Bank und des Juweliers positionierten. Die Halbstarken, in Jeans und Lederjacke, schauten regelmäßig auf ihre Uhren und gaben sich Zeichen. Währenddessen zückten die beiden Herren in der Bank, Maske und Eisen. „Jeder bleibt da, wo er gerade steht. Dies ist ein Banküberfall, wir machen Ernst und im Koffer ist eine Bombe." Der eine hielt die drei Angestellten in Schach und der andere räumte die Kasse leer. Alles Geld packte er gierig in große Tüten, die in dem Koffer waren. Derjenige, der die Angestellten in Schach hielt, stellte einen Aktenkoffer mit einem tickenden Etwas mitten in den Kassenraum. Drähte schauten heraus. Die Gauner hauten in aller Seelenruhe ab und wendeten ihre schwarzen Mäntel, sodass sie nun weiß waren. Im Juweliergeschäft spielte sich fast das Gleiche ab. Die eleganten Damen ließen sich beraten. Plötzlich hatten sie statt eines Taschentuchs einen Revolver in der Hand. Nicht sehr groß, aber sehr effektiv. Ruck zuck räumten sie die Auslage leer. Diamantringe und Armbänder und Uhren. Einfach alles was ihnen zwischen die Finger kam. Der Juwelier und seine Angestellten hockten in einer Ecke. Vier Meter vom Not-Schalter entfernt, um bei der Polizeiwache Alarm zu schlagen. Beide sahen nicht, wie die Diebinnen eine andere Perücke aufsetzten. Diese Perücken waren schwarz. Die Mäntel der Damen wurden auch gewendet, so dass sie weiß waren. Inzwischen traf der Krankenwagen ein. Polizisten befragten die Bäckerin. Zwei Notärzte trugen auf einer Bahre die ältere Dame Maria Müller zum Krankenwagen. In diesem Augenblick gaben die Halbstarken den Männern in der Bank und den Frauen im Juwelierladen ein Zeichen. Die vier Erwachsenen gingen auf den Krankenwagen zu, zwangen die Ärzte einzusteigen und brausten mit Blaulicht los. In einem nahegelegenen Waldstück zwangen sie die ältere Dame als Geisel mit in ihren gestohlenen Fluchtwagen zu steigen. Die Bande, einschließlich der Halbstarken, floh über alle Grenzen und wurde nie wieder gesehen. Im abgestellten Koffer in der Bank war übrigens keine

Bombe, sondern ein alter Wecker. Maria Müller hieß auch nicht so, sondern war die Großmutter der Bande. Auch die Enkel waren involviert. Und der Clou: Großmutter entwickelte den Plan!

Sylt – Mord unter Deck?

Schweißgebadet wachte Kriminalhauptkommissar Jens Petersen um 7 Uhr auf. „Ulla!", schrie er, „ich habe verschlafen!" Jedoch waren seine Frau Ulla und Tochter Roberta auf Mallorca. „Was wollen die beiden auf Mallorca? Sylt ist die schönste Insel", grummelte Petersen. Es war ein Gewinn für zwei Personen. Sieben Tage Malle mit allem Drum und Dran. „Moin!", rief Petersen in die Runde auf der Wache in Westerland. „Schlecht geschlafen, Herr Kollege?", fragte Kommissar Friedrichsen. „Ach, Ulla ist im Urlaub. Ich habe von einem Mord in List geträumt und dachte, ich hätte verschlafen", so Petersen. „Hier ist doch sowieso nichts los", sagte Praktikant Hannes Hansen kleinlaut. „Irrtum, Herr Oberkommissar in Wartestellung! Nicht in List ist etwas los, sondern in Munkmarsch. Meine Herren, ab zum Einsatzort!", entgegnete Friedrichsen. Im Hafen von Munkmarsch angekommen, zeigte Kellner Sörensen auf die Motoryacht „Anna Nass". „Der Gast wollte bereits vor dem gestrigen Sturm im Hafen anlegen, nun liegt er bei Ebbe und Flut am Watt. Die Yacht war leicht gekippt und lag nun trocken. „Wie kommen wir nun zu diesem Schiff?", fragte Praktikant Hansen. „Na zu Fuß, Hannes, außerdem ist das kein Schiff sondern eine Yacht. Nun hole die Gummistiefel aus dem Auto", ordnete Kriminalhauptkommissar Jens

Petersen an. „Ich habe auch die Leiter mitgebracht!",
rief Hannes Hansen stolz. „Aus dir wird noch ein
echter Oberkommissar – nach der Wartestellung",
lachte Petersen. Auf der Yacht wartete jedoch eine
Überraschung. Sie fanden den leblosen Körper von
Dirk van Bertram, sein Kopf schwamm in einer
Blutlache. Der Tote lag auf dem Bauch. Die
Untersuchung begann. „Vergiss die Handschuhe
nicht, Hannes!", rief der erfahrene Kommissar
Petersen seinem Praktikanten zu. „Hier liegt eine
Brieftasche. Der Name des Toten ist Dirk van Bertram.
Seltsam, 2500 Euro sind im Scheinfach. Wollte die der
Mörder etwa nicht?", wunderte sich Hannes Hansen.
„Es muss ja kein Mord sein, Hannes", entgegnete
Petersen. „Er wird sich doch nicht selbst einen auf die
Mütze gegeben haben", sagte der Praktikant.
„Apropos Mütze, eine Kapitänsmütze lag auf dem
Deck", so Petersen. Er rief Dr. Knudsen in Keitum an,
um den Toten untersuchen zu lassen. Nach zwei
Stunden hatten beide die Yacht auf den Kopf gestellt.
Nichts Auffälliges konnten sie finden. „Hannes, hole
den Dok aus Keitum ab, er ist jetzt in seiner Praxis",
sagte Petersen. „Chef, die Flut ist gekommen. Soll ich
das kleine Schiff nehmen?", fragte Hannes Hansen.
„Das ist ein Boot, Du Tütkopp, ein Schlauchboot mit
Motor!", rief Petersen. „Spaß, Chef, war doch nur
Spaß!" „Moin, Jens. Was kann ich für Dich tun?",
fragte Dr. Knudsen. „Ach, ich sehe es schon."
Dr. Knudsen drehte den Toten auf den Rücken.

„Hier ist ja noch eine Brieftasche zu finden!", rief Hannes Hansen. „Ja, da schau an. Na, der Fall wird wohl sehr einfach zu lösen sein. Herbert Hövel gehört die Brieftasche. Ausweis, Führerschein und 200 Euro sind darin", freute sich Kriminalhauptkommissar Petersen. „War es ein Unfall oder ein Mord, Dok?", fragte der Praktikant. „Es war ein Schlag auf die Schläfe, sucht nach entsprechenden Gegenständen", so der Doktor. „Tja, da haben wir viele Möglichkeiten. Hier liegen Sektflaschen, schwere Bierkrüge, Werkzeuge und sogar ein Toaster herum", der Kommissar fuhr sich durch die Haare. „Es kann ein Unfall gewesen sein, verdächtig ist die zweite Brieftasche", so Petersen weiter. Zurück in der Wache schrieb Kriminalhauptkommissar Jens Petersen seinen Bericht. „… es wurde eine weitere Brieftasche gefunden, mit Ausweispapieren von Herrn Herbert Hövel", murmelte Petersen. „Herbert Hövel?", fragte Kommissar Friedrichsen, der gegenüber saß. „Den haben wir vor zwei Stunden aus einer Bar abgeholt. Er konnte die Zeche nicht bezahlen", so Friedrichsen weiter. „Dann haben wir ein Problem. Vielleicht war es doch ein Unfall", überlegte Petersen. Nachfolgende Recherchen ergaben, dass sich Herbert Hövel und Dirk van Bertram gut kannten. Dirk van Bertram war Diamantenhändler und Herbert Hövel Kurier. Herbert Hövel gab an, nachts noch vor dem Sturm eine Tour durch die Whisky-Meile unternommen zu haben. Nach dem Abendessen in Munkmarsch steckte van

Bertram wohl aus Versehen Hövels Brieftasche ein. Hövel konnte seine Aussage belegen und wurde frei gelassen. „Nun, dann wird van Bertram durch den heftigen Seegang im Sturm gestürzt sein. So hat er sich dann wohl die Kopfwunde zugezogen", vermutete Jens Petersen. „Das ist ja wieder ein langweiliger Fall", murmelte Praktikant Hannes Hansen. „Auf keinem der Gegenstände sind Spuren zu finden", sagte der Doktor, der seinen Bericht abgeben wollte. „Aber von so vielen Flaschen Rum und Champagner bin ich ganz besurpen, nehmt bloß keine Blutprobe bei mir", lachte er. „Wenn Sie wieder nüchtern sind, dann sagen Sie, ob Ihnen sonst nichts aufgefallen ist", sagte Friedrichsen. „Wenn Sie so fragen, eine Gürtelschlaufe ist gerissen. Aber das wird wohl nicht wichtig sein, obwohl, es ist eine Qualitätshose von Boss", ergänzte Knudsen. „Hannes, zeige noch einmal die Brieftasche vom Opfer!", rief Petersen. „Schaut einmal, hier ist eine Öse, es könnte eine Kette angebracht gewesen sein", so Petersen weiter. „Genau, und diese ist an der Gürtelschlaufe befestigt gewesen", überlegte Dr. Knudsen. „Dann sucht die Kette!", ordnete Friedrichsen an. Die Yacht lag im Hafen von Munkmarsch. Kriminalhauptkommissar Jens Petersen und Praktikant Hannes Hansen zerlegten nun alles. „Was vermuten Sie, Chef?", fragte Hansen. „Nun, entweder wollte der Tote seine Brieftasche mit einer Kette sichern oder es war etwas an der Kette, was abgerissen wurde", sagte Petersen.

„Finden wir die Kette, dann ist der Fall abgeschlossen und Du hast pünktlich Feierabend!" „Boa, das ist ja Luxus pur, der LED-Fernseher verschwindet auf Knopfdruck hinter eine Wand!", rief Hannes. „Und? Suche weiter!", rief Petersen. „Ja, dieses Bild müsste eigentlich dort hängen, hier ist der Haken zum Aufhängen", staunte Hannes Hansen. „Chef, da ist ein Tresor hinter dem Fernseher!", schrie der Praktikant. Am Tresor war ein Schlüssel eingesteckt. Am Schlüssel hing eine Kette. Es war die gesuchte Kette. Jetzt war es wahrscheinlicher, dass es sich doch um Mord handelte. Die Kette mit Schlüssel könnte bei einem Kampf abgerissen worden sein. „Diamanten, 2.500 Euro in der Brieftasche, Alibis, hier stimmt doch etwas nicht", analysierte Jens Petersen. Petersen ordnete die Überwachung von Herbert Hövel an. Der tourte immer noch in der Whisky-Meile umher. Jetzt war er in ständiger Begleitung eines jungen Mannes. „Das ist alles sehr verdächtig. Lasst uns Undercover arbeiten", sagte Petersen auf der Wache. „Ich erledige das!", rief Praktikant Hannes Hansen. „Na, dann zeig mal, was Du kannst, Herr Oberkommissar in Wartestellung", sagte Kommissar Friedrichsen. In der Bar wartete Hansen bis Herbert Hövel abgefüllt war. Dann kam die Gelegenheit, um mit Hövels Begleiter Kontakt aufzunehmen. Beide schwärmten für Ferrari, Rolex und Frauen. „Ich bin der Siggi. Lass uns noch einen heben, mein Vater ist ja schon fertig mit der Welt", sagte Siggi Hövel, dessen Name ja nun bekannt

wurde. „Ja, eine Rolex hätte ich auch gern",
schwärmte Hannes Hansen. „Die kann ich alle kaufen,
alle! Schau her, ein ganzes Säckchen Diamanten. Mein
Vater und ich handeln damit. Uns gehört die Welt!",
ritt sich Siggi in die Falle. Noch in der gleichen Stunde
wurden Vater und Sohn Hövel festgenommen. Beide
gestanden, die Geschichte vorgetäuscht zu haben, um
an die Diamanten zu kommen. Was interessieren
2.500 Euro, die Diamanten hatten einen Wert von
einer Million. Siggi Hövel erschlug Dirk van Bertram
und raubte die Diamanten. Die Tatwaffe, eine Flasche
Rum, warf er über Bord. Der Fall war gelöst. „Endlich
einmal Action!", rief Praktikant Hannes Hansen.

Cyber Tee

In Berlin sind Fälle von Vergiftungen aufgetreten. Kurze Zeit später in ganz Deutschland. Erste Todesfälle werden bekannt. Nun wurde in Berlin eine Sonderkommission gegründet, die die Vergiftungsfälle untersuchen soll. Kommissar Jörg Wehmer leitet die SoKo 2020 Gift. Man geht bislang von einer Verunreinigung in Lebensmitteln aus. Die bisherigen Todesfälle sind in einem Alter zwischen 30 und 80 Jahren. Vergiftete Kinder sind nicht bekannt. Alle Lebensmittel werden diskutiert. Was essen und trinken Personen zwischen 30 und 80 Jahren? Warum gingen die ersten Beschwerden zunächst von Berlin aus, dann bis über ganz Deutschland? Fragen über Fragen. Es konnten keine Antworten gefunden werden.

Weihnachten 2019 gab es 124 Fälle von Vergiftungen. Im Januar 2020 waren es 1066 Fälle und 16 verstorbene Menschen. Die Zahlen erhöhten sich im März 2020 auf über 150.000 Vergiftungen und 24.000 Toten. Die Obduktionen zeigten immer wieder das gleiche Ergebnis: STRYCHNIN

Wie gelangt das Gift in die Menschen? Wie nehmen sie es auf?

Dann werden die Beamten in Berlin gewarnt. Eine ausländische Mail wird geöffnet. Höchste Sicherheitsstufen werden eingehalten. Zunächst wird der Anhang in der Mail nicht geöffnet, denn hier steckt oft die Gefahr. Eine Überprüfung ergab grünes Licht:

„When does the tea dealer finally pay? Do more people have to die?" ... Der Übersetzer zeigte an: „Wann endlich bezahlt der Tee Händler? Müssen noch mehr Menschen sterben?"

„Tee!", schrie Kommissar Wehmer in den Raum. „Es ist also Tee!" Die Sonderkommission wurde unbenannt in **SoKo Cyber-Tee**.

Da die Vergiftungen von Berlin ausgingen, wurden Berliner Tee-Firmen und Händler aufgesucht.
Fast zeitgleich traf ein Brief bei der Polizei ein:

Achtung! Überprüfen Sie den Teehändler Wertgreven. Der Chef wird erpresst.

Kommissar Wehmer besuchte mit einer Kollegin den Tee-Händler. Der Inhaber zeigte sich unangenehm überrascht. Nach langen Gesprächen knickte er aber dann doch ein. „Ja, ich gebe zu, unsere Firmensoftware wurde angegriffen. Aber es ist doch alles wieder in Ordnung. Alles läuft einwandfrei."
Ein Computerexperte ließ sich das Firmenprogramm

vorführen. „Nun, genau habe ich keine Ahnung davon", sagte der Tee-Händler, „aber hier sehen Sie, von der Bestellung der Teeblätter, über die verschiedenen Mischungen bis zur Kontrolle läuft alles tadellos. Und trotzdem erhalte ich immer noch Mails, das ich 1,5 Millionen Euro bezahlen soll. Wofür denn?" „Nun, vielleicht um Leben zu retten. Sie hätten uns sofort kontaktieren müssen", so der Kommissar. Der Computerexperte stellte eine Frage: „Es scheint alles in Ordnung. Ihre Computersprache ist Java. Alles läuft reibungslos. Trinken Sie Ihren Tee auch selbst?" „Nein, mein Vater baute die Tee-Firma auf. Ich trinke nur Kaffee." „Und niemand testet die Teemischung?" „Wozu? Das macht doch das Computerprogramm bei der Analyse."

Die Beamten nahmen Proben mit. Außerdem schlossen sie vorübergehend den Betrieb.

Tage später lag die Analyse vor. 12 Teemischungen wurden überprüft, eine ist tödlich. In der Mischung Schwarzer-Tee lässt sich das Gift der Brechnuss nachweisen, es heißt Strychnin.

„Ja, und Schwarzer-Tee wird genau von dieser Altersgruppe bevorzugt. Nun ist die Frage, wie hängt das computertechnisch zusammen? Die Hintermänner werden wir bestimmt nicht fassen. Ist der Tee-Händler mitverantwortlich für die vielen Verstorbenen?", fragte der Kommissar.

Der Computerexperte nahm sich den Rechner des Händlers vor. Alle Mails wurden endgültig im Vorfeld vom Händler gelöscht. Nun arbeitete sich der Computerexperte, dessen Name hier absichtlich nicht erwähnt wird, in das Java Programm ein. Nach drei Tagen stellte sich folgendes heraus: Ausländische Hacker programmierten den Rechner so um, dass vergiftete Substanzen, als Teeblätter deklariert, erworben wurden, mit denen der oder die Hacker zusammenarbeiten. Das Gift gelang so in den Tee-Mischer für Schwarzen-Tee. Andere Tee-Sorten und Mischmaschinen blieben sauber. Die Hacker programmierten nun das Analyseverfahren und deren Auswertungen um. So wurde der Schwarze-Tee wieder sauber. Mehrere Hunderttausende Tee-Packungen der Sorte Schwarzer-Tee lagen im Lager. Alles wurde vernichtet. Ein groß angelegter Rückruf wurde eingeleitet. Im Juni 2020 schien der Cyber-Angriff überstanden zu sein. Aber über 24.000 Tee-Trinker mussten sterben. Die SoKo Cyber-Tee wurde nicht aufgelöst, denn jetzt sucht man die Hacker und die Mittelsmänner, die verantwortlich sind. Es ist die Stecknadel im Heuhaufen, aber die Beamtinnen und Beamten der Kriminalpolizei werden besser und besser.

Hacker ohne Skrupel

Über die Straßen von San Francisco werden eilig in Krankenwagen viele Patienten auf andere Krankenhäuser verteilt. Die Polizei sorgt für freie Wege. Die Nähe der Stadt zur San-Andreas-Verwerfung birgt ein erhöhtes Risiko für Erdbeben. Über 1,2 Millionen Bewohner sind heute, 2028, in Gefahr. Am 18. April 1906 ereignete sich das bislang schwerste Erdbeben. Es erstreckte sich von San Juan Bautista bis Eureka und hatte eine Stärke von 7,8 auf der Richterskala. Als Folge von Bränden und Sprengungen wurden dabei rund 3000 Menschen getötet und drei Viertel von San Francisco zerstört, beziehungsweise erheblich beschädigt. Dieses Mal sieht es eben so aus, als würden noch weit viel mehr Menschen ihr Leben verlieren. Warum werden so viele Patienten in andere Krankenhäuser verteilt? Was ist passiert? Rückblick:

2025 wurde das neue Krankenhaus an der Howard Street Ecke Main Street eingeweiht. Die Straßen von San Francisco sind vollkommen überfüllt. Der Bürgermeister und sein Team suchten eine schnelle Möglichkeit um schneller in den Osten, etwa nach Oakland zu kommen. Dies geschieht nun über die Oakland Bay Bridge. Das „New Future Hospital" ist das wohl weltweit modernste Krankenhaus in den USA. Durch eine eigene Satelliten-Anbindung ist das New

Future Hospital mit allen Krankenhäusern und Entwicklungslaboren auf der gesamten Welt verknüpft. So ist das Chinesische Coronavirus, jetzt Typ 5, auch in den USA wieder ausgebrochen und innerhalb von 3 Wochen im New Future Hospital besiegt worden. Damals im Jahr 2020 sind beim Typ 4 zigtausend Menschen weltweit gestorben. Rund um die Welt sind innerhalb von wenigen Stunden Gegenmaßnahmen hergestellt und verteilt worden. Ein Erdbeben oder der Virus waren es nicht, was die Massenevakuierung ausgelöst hat, aber mit dem Wort Virus hängt es schon zusammen.

Virus bedeutet schon vom Wort her „Gift". Bislang stürzten Programme ab, es wurden Freischaltungsgelder verlangt. Einmal gestartet, kann es Veränderungen im Betriebssystem oder an weiterer Software vornehmen, mittelbar auch zu Schäden an der Hardware führen. Als typische Auswirkung sind Datenverluste möglich. So ist die Sachlage dieser Kriminalität. In diesem Fall liegt der Sachverhalt jedoch anders. Ein Virus wurde in die Computer des New Future Hospital eingeschleust. Alle Alarmsysteme bemerkten nichts, denn es kam zu keinem Computerabsturz. Auch gab es keine Männchen oder Geldforderungen auf dem Bildschirm. Alles lief so wie immer. Der automatische Medikamentenverteiler (Drug Distributors DD1) lief vollautomatisch. Das System DD1 gibt automatisch die passenden Medikamente direkt im Zimmer der Patienten aus. Eine Klappe öffnet sich zum richtigen Zeitpunkt, ein Becher fällt aus einem Bechervorrat und wird automatisch mit Wasser gefüllt. Dieses System ist in allen Zimmern vorhanden. Der behandelnde Arzt gibt die Daten in das Computersystem ein, alles Weitere wird automatisch erledigt, sogar Nachbestellungen von Medikamente bei den günstigsten Produzenten.

Aber immer noch nicht ist das Problem erkannt. 83 Patienten sind innerhalb von 24 Stunden gestorben. Über 500 hätten es sein können, wenn das Hospital nicht sofort evakuiert worden wäre. Detective Lieutenant Jack Stones und der Computerexperte Bill Wates untersuchen den Cyberangriff. Für einen Computerexperten, der jede Computersprache beherrscht, etwa C oder Java, wobei alles mit Basic und der Maschinensprache begann, ist der Fehler schnell gefunden. Mittlerweile sind alle Patienten außer Gefahr, denn alle Krankenhäuser untersuchten und behandelten die Patienten nicht nach dem Automatik-Plan, sondern von Ärzten und Krankeschwestern. Und genau das wurde bei dem Automatik-Programm des New Future Hospital zum Problem. Bill Wates findet heraus, dass Medikamente vertauscht wurde und sogar ausgetauscht wurde. Da keine zusätzliche Medikamente eingebracht wurde, die zuerst durch einen Arzt abgesegnet hätte werden müssen, bemerkte das Computer-Schutzprogramm nichts. Auf diese Weise starben die Patienten, wegen falscher Medikamente. Wer könnte solch einen Anschlag verüben? Das Warum könnte Geld sein. Ins Programm kann ein Hacker gekommen sein. Aber wie veränderte der Hacker das Programm. War es eine Mail mit Anhang? Fragen über Fragen. Wates arbeitet nun mit einem Ärzteteam zusammen, um alle Fehler des automatischen Medikamentenverteilers DD1 auszuräumen. Selbstverständlich wurde das Krankenhaus vom Netz genommen. Durch die eigene Satelliten-Anbindung scheint die Internetverbindung wohl sicher zu sein. Alle weiteren Krankenhäuser haben schließlich keine Probleme. Aber sicher ist sicher.

Detective Lieutenant Jack Stones war Polizist durch und durch. Er vermutete eher einen Feind in den eigenen Reihen. Jeder, der zum Computer Zutritt hat, wird vernommen. Jeder musste zur SFPD Tenderloin Station in die Eddy Street Ecke Jones Street. Jeder wurde hart ausgefragt, denn es gab schließlich 83 Tote und es hätten weitaus mehr werden können. Der Arzt aus dem Austauschprogramm New York/San Francisco, Dr. Norman Jonson, gestand schließlich, dass er einen USB-Stick vor der Frauen-Umkleidekabine gefunden hat. Er vermutete Nacktbilder von Krankenschwestern darauf.

Sofort wollte er den USB-Stick ansehen und kopieren. In der Tat waren Pornografische Bilder zu sehen, aber nicht vom Krankenhausteam. Den Stick stellte er bereitwillig der Polizei zur Verfügung. Jonson gestand außerdem, diesbezüglich krank zu sein.

Für Detective Lieutenant Jack Stones stand immer fest, ein Erpresser will, dass jeder weiß, wer er ist. Das ist das Resultat aus 30 Jahren Kriminalität. Und genauso sollte es wieder sein. Ein Bekennerschreiben lag nach vier Tagen vor. Es wurden drei Millionen Dollar verlangt. Der Zusatz könnte den Urheber verraten. „Das habt Ihr nun davon!"

Stones vermutet, da der Brief in bester Grammatik geschrieben ist und der USB-Stick im Krankenhaus gefunden wurde, dass es sich um einen Insider handeln würde, so wie er es von Anfang an vermutet hat.

Sofort wurde die Personalabteilung tätig. Treffer! Der Informatiker Jeff Linder ist vor einiger Zeit entlassen worden. Er war an der Entwicklung des Computerprogramms beteiligt und forderte eine feste Anstellung. Jedoch waren seine finanziellen Forderungen astronomisch, er war Spieler. Linder wurde festgenommen und seine private Computeranlage eingezogen. Die aus dem Darknet kopierten Nacktbilder waren zwar gelöscht, aber die

Kriminalbeamten konnten die Dateien
wiederherstellen.

Linder gestand und erwartet demnächst ein hartes
Urteil. Das New Future Hospital arbeitet wieder und
das Programm DD1 läuft einwandfrei.

Ein manipuliertes NASCAR-Rennen

Zwei Männer stiegen nachts in „Bob Cob's Rennstall"
ein. Sie haben nichts gestohlen, sie ließen etwas dort.

Am nächsten Tag stand das NASCAR-Rennen an. Bob
und sein Team waren sehr zuversichtlich, mindestens
einen dritten Platz einzufahren, schließlich benötigten
sie den Gewinn, da ihr Rennwagen eine völlig
eigenständige Karosserie besaß und sie hoch
verschuldet waren.

Der Motor wurde von Steve gewartet, die Karosserie
war eine Gemeinschaftsproduktion. Jeder
konstruierte am Rennwagen eifrig mit. Was erst eine
wilde Idee war, entwickelte sich nach dem Besuch im
Windkanal als Hammer. Fantastische Werte beim
Luftwiederstand und dann noch diese keilförmige
Form. Bob sagt jedes Mal: „Mein sexy Baby", zu dem
tollen Geschoss.

Die Anspannung stieg, jeden Augenblick das
Startsignal. Steve hatte beste Arbeit geleistet, die 8
Zylinder liefen rund, jede kleinste Unruhe würde Bob
merken, er ist so sensibilisiert, dass er sogar im
Hintern eine Vergaserfehleinstellung von einer achtel
Umdrehung bemerkt. 3, 2, 1 und los. Ein Blitzstart für

Bob, drei Rennwagen wurden gleich in der Startphase überholt. In dieser Saison gab es bereits 3 zweite Plätze, heute sollte es klappen. Das ahnte wohl auch Dan Saxxon mit seinem Pontiac, er gewann das letzte Rennen, nicht ganz unumstritten, aber nachzuweisen war ihm nichts.

Saxxon schob sich auf den ersten Platz vor, Bob steht auf der vierten Position. Dahinter spielte sich die Hölle ab, um jeden Zentimeter wurde gekämpft. In den bislang 6 Saisons, die Bob bislang erlebte, zeigte sich Saxxon als eher ungestümer Rennfahrer. Sein Vater steckte viel Geld in den Saxxon-Rennstall, Dan war quasi zum Siegen verbannt. Aber als Sieger wollen schließlich alle aus dem Rennen gehen. Bob dagegen war ein Rennfahrer seit der Kindheit. In seiner Seifenkiste baute der Vater eine andere Übersetzung ein, das war erlaubt, denn jeder hatte konstruktive Freiheiten. Als Bob 14 war, der Vater starb in dem Jahr, schraubte Bob nun selbst. Das Rennrad wurde leichter gemacht, das Motorrad getunt, in den Straßenwagen kam ein Rennmotor. Dann lernten sich Bob und Steve kennen, beide schraubten sie an allem, was ihnen in die Finger kam. Und nun das Nascar-Rennen, ein Traum wäre wahr bei einem Sieg.

Aber da war eben Dan Saxxon, der hatte etwas dagegen. Den wahrscheinlich teuersten Rennwagen auf der Strecke, aber ihm fehlte eben das gewisse Extra.

Bob kam näher, Bob überholte gekonnt den Dodge, nun saß nun Dan Saxxon im Nacken. Normalerweise kann Bob mit seinem Baby den Pontiac von Saxxon nicht überholen, aber da ist eben das gewisse Extra, was eben in Bob ist.

Die Rennwagen kamen an der Zuschauertribüne vorbei, es wird gejubelt, man liebte Bob's Baby eben, aber auch Bob, dieser sympathische und immer gut gestimmte Junge von nebenan.

Kurz hinter der Tribüne begann das Baby zu stottern. Zwei Wagen überholten Bob. Wer nun auch auf die Idee von Steve kommt... Sabotage, dem sei gesagt, dass ab der vierten Platzierung die Rennwagen nicht kontrolliert werden.

Bob sprach mit seinem Baby: „Komm', wir schaffen das... komm' Baby, gib alles!"

Der vierte Platz scheint für Bob sicher zu sein, bei einem Defekt am Vergaser wäre er darüber froh, erst Recht Dan Saxxon. Noch zwei Runden waren zu fahren. Bob sah plötzlich vor sich eine riesige Staubwolke, er fuhr über Trümmerteile. „Auch das noch!", schrie Steve in der Boxengasse. „Hoffentlich halten die Reifen!"

Die Rennwagen auf Platz 2 und 3 haben sich aus dem Rennen geschossen. Bob war plötzlich wieder auf dem zweiten Platz, aus der Sicht von Saxxon ist das doch Ok, oder? Aber Saxxon wollte mehr, ließ sich in der letzten Runde zurückfallen, täuschte Motorprobleme vor und versuchte Bob aus der Rennstrecke zu drängen. Saxxon war auf Bob neidisch, er wusste von seinem Talent, sah wie beliebt Bob war, ein Sieg reichte ihm nicht, er wollte Bob vernichten. Der Pontiac hatte genug Reserven, konnte Bobs Baby in dem Zustand locker besiegen. Es wurde fast ein Kampf um Leben und Tod. ...

Dan Saxxon war der Winner, Bob mit seinem Baby belegte den zweiten Platz. Steve war überglücklich, Bob jubelte und Dan hielt sich zurück. Die Vergaseraussetzer waren längst vergessen, das Preisgeld war nur noch in Bobs und Steves Köpfen.

Aber nicht bei den Untersuchungskommissaren, sie fanden in Bobs Rennwagen eine Funkfernsteuerung, wiesen verunreinigtes Rennbenzin nach. Mit dem eigenartigen Benehmen von Saxxon, sowie seiner Manipulation, nahmen sie Saxxon in die Mangel. Dan Saxxon gestand, auch weitere Manipulationen. Er angergierte zwei Profis, die in die jeweiligen Rennställe einbrachen und die Rennwagen manipulierten.

Bob wurde natürlich zum Sieger erklärt. Ach ja, die ganze Saison gewannen Bob und sein Baby.

Vorahnung

Jack Brady sprang. Etwas mulmig wird ihm wohl gewesen sein. Er weiß es nicht mehr. Jetzt sprang er 100 Meter in die Tiefe. Bei den ersten Metern dachte er daran, ob auch die Gurte und Karabinerhaken genug gesichert sind. „Hoffentlich reißt das Seil nicht", dachte er.

Bungeespringen bringt auch Risiken mit sich. Jack wurde etwas flau im Magen. Als er sich im freien Fall befand, sah er ein Kind vor Augen. „Wie war das möglich?", fragte er sich und sah sich selbst. In einem hellen Licht erkannte er sein Gesicht nach der Geburt. Seine Eltern waren sehr liebevoll zu ihm. Vater Frank schraubte den Stuhl, an dem der kleine Jack hochklettern wollte, auf dem guten Parkett fest. Damit wollte er erreichen, dass der Kleine nicht kippte. Mutter Jane schimpfte, freute sich aber gleichzeitig über die Fürsorge von Frank. Mit Freund Carl stieg Jack oft durch ein kleines Loch in den Nachbargarten. Jede Menge Äpfel gab es dort kostenlos. Jedoch Nachbar Peters ärgerte sich immer, wenn die Lausbuben kamen und Äpfel klauten.

In der Schule machte sich Jack sehr gut und seine Leistungen waren einmalig. Bis zum Studium lief es reibungslos. Hier lernte er auch Cindy kennen und lieben. Cindy war etwas älter als Jack.

Nach der Ausbildung wünschten sich beide zwei Kinder. Sie studierte Sprachen und bekam einen Job an der Stadtzeitung. Auch über Sport berichtete sie. Sie wusste auch, dass Bungeespringen eine gefährliche Sportart war. Aber es war nun mal Jacks Wunsch, einmal im freien Fall den Erdboden zu erreichen.

Zwei süße Mädchen wurden geboren und sahen Cindy sehr ähnlich. Die Ohren haben sie aber von mir meinte Jack immer lachend. Sie unternahmen sehr viel gemeinsam mit den Kindern. Die Dinge rauschten an Jack vorbei und das Licht wurde immer heller und greller. „Was passiert hier nur?", dachte er. Das war sein letzter Gedanke, bevor er in den Tod stürzte.

Plötzlich ein Schrei! Cindy schüttelte ihn wach und schrie: „Jack, wache endlich auf, es war ein Traum." Heute sollte das Freizeitparadies mit Pam und den Kindern besucht werden. Jack hatte für 14 Uhr den Bungeesprung gebucht. Nassgeschwitzt und kreidebleich ging Jack zur Toilette. Die Familie fuhr daraufhin zum Park.
„Sie sind der Nächste", sagte das Personal. „Nein", sagte Jack, „ich kneife. Ich träumte, dass der Karabinerhaken brach und ich abstürzte. Ich habe Angst um meine Familie und um mein Leben."

Der erfahrene Mann am Bungee-Seil lachte und zeigte Jack die gute Ausrüstung. „Fünf sind vor Ihnen gesprungen. Das Geld kann ich Ihnen leider nicht erstatten. Schauen Sie, hier sind die Karabinerhaken." Als er den dritten Haken in die Hand nahm, brach das Gelenk in zwei Teile.

Schattenwesen

Wir schreiben das Jahr 2286.

„NEGUA 7 an Basis! In vierzehn Stunden erreichen wir den Außenposten LOPA 6B auf dem Mars. Wir kontrollieren noch den Planet L77KL9. Seltene Erden wurden vom Computer angezeigt. Das Außenteam wird von Chefingenieur Dresen geleitet. Nach der Rückkehr der Mannschaft schalten wir auf Lichtgeschwindigkeit. Wir können dann nicht kommunizieren. Okay?", mit diesem Satz beendete Raumschiffkapitän Logan vom amerikanischen Erkundungsraumschiff EAGLE 2000 die Kommunikation mit Mars und Erde.

Die Weltbevölkerungszahl war explodiert, Nahrungsmittel und Materialien gingen langsam zu Ende. Die Staaten investierten viel zu viel Geld in Kriege. Ein Miteinander hätte allen geholfen. Nur gut, dass die Raumfahrt noch gefördert wurde. So war der Außenposten auf dem Mars mit 4500 Menschen im Aufbau eines neuen Lebensraums. Nahrungsmittel wurden angebaut, Raumschiffhäfen gebaut, vielleicht für eine neue Zukunft der Menschheit, vielleicht, denn auf der Erde warten Milliarden auf eine Zukunft. Aber es gibt auch positive Botschaften, so hat EAGLE ONE Gold Erze von weit entlegenen Planeten abbauen und transportieren können. Selbstverständlich wird dieses

Gold nicht für Schmuck verwendet, es fließt in die Elektronik. In den Umlaufbahnen von Erde, Mond und Mars befinden sich die riesigen Raumstationen STATION 4, DELTA 88 und NOSTROY 1. Alle Länder der Erde arbeiten nun endlich zusammen um die Lebensräume der Erde zu sichern.

NEGUA 7 hat nun eine weite Reise hinter sich. Das einzige Raumschiff das Lichtgeschwindigkeit erreicht hat 3 Jahre andere Planeten besucht und viel Material eingesammelt. In den Frachträumen hatte es riesige Container geladen und ineinander gestülpt. Diese wurden mit vielen Erzen befüllt und auf die Reise in Richtung Erde geschickt. Es kann Jahre und Jahrzehnte dauern, bis sie mit der Unterlichtgeschwindigkeit in Erdnähe eingesammelt werden. Die Container sind nun aus den Frachträumen des Raumschiffs. Mit seltenen Gewächsen, die auch in Lebensfeindlichen Gegenden wachsen können und für Nahrung sorgen, kehrt NEGUA 7 nun zurück. Der Bordcomputer entdeckte vorher aber noch einen Planeten mit seltenen Erden, diese werden immer noch dringend in der Elektronik verarbeitet und gebraucht. Inzwischen landete Chefingenieur Dresen mit seinem Außenteam auf dem Planet L77KL9. Die Messgeräte zeigten bestes Material an. Dresen funkte zum Raumschiff, dass es sich lohnen würde, eine Abbauanlage zu errichten. Diese Anlage baut die Erze, in einer vorher vorbestimmten Region, automatisch ab und verlädt sie in Containern. Haben diese ihre Füllmenge erreicht, schießt sie ein Roboter automatisch in den Weltraum Richtung Erde. Eine dieser Anlagen befand sich noch an Bord. Der freigewordene Frachtraum würde natürlich mit Erzen gefüllt werden.

Chefingenieur Dresen fragte die Biologin Lydia Georgens nach dem größtmöglichen Abbaugebiet. Über die im Raumanzug eingebaute Kommunikationsanlage antwortete sie: „Rodmenges gedurcht niotrozola." „Verstehe kein Wort!", rief Dresen. Er machte sich auf den Weg zu ihr, gab es Übertragungsprobleme? Er klopfte die Biologin von hinten auf den Raumanzug. „Was sagten sie gerade, ich habe nichts verstanden!" Lydia Georgens drehte sich langsam um und wiederholte: „Rodmenges gedurcht niotrozola." Dresen antwortete ganz ruhig: „Regonowa gedurcht." Inzwischen meldete sich Raumschiffkapitän Logan beim Außentrupp: „Die Berechnungen für die Abbauanlage steht. Warum höre ich von Euch nichts mehr? Gibt es einen Defekt in der Kommunikations-Anlage?" Auf dem Monitor sah Logan lediglich das Zeichen „Okay"... wir kommen zurück.

Das Außenteam versammelte sich und flog zum Mutterschiff zurück. Dort angekommen rief Logan dem Team zu: „Ich bin froh, dass Ihr wieder hier seid, außer der defekten Kommunikation sah ich schwarze Schatten um Euch herum, habt Ihr das nicht bemerkt?" Chefingenieur Dresen zog seinen Raumanzug aus und drehte sich zum Kapitän. Der erschrak und blickte in pechschwarze Augen: „Rodmenges gedurcht", sagte Dresen. Logan drückte gerade noch irgendeinen Knopf am Schaltpult, bevor er von einem der schwarzen Schatten übernommen wurde. „Loginos gedurcht", sagte der Raumschiffkapitän danach. Weitere fast 80000 Schatten kamen an Bord. Das Raumschiff steuerte in Richtung Mars. „LOPA 6B auf dem Mars ruft das Raumschiff NEGUA 7, hört Ihr uns? Die Raumhäfen auf dem Mars sind überlastet. Bitte fliegt zum Außenposten TITAN und geht in Wartestellung." Das Raumschiff NEGUA 7 steuerte den Mond Titan an, das wurde so von der Mars-Crew berechnet und im Automatik-Betrieb eingestellt. „In drei Stunden ist das Raumschiff NEGUA 7 dort angekommen, schnell die Auswertungen bitte", sagte Sicherheitschef Nels Gordon zur Mannschaft. Noch eine Stunde … 30 Minuten … „Hier die Auswertungen, Mr. Gordon, wir haben Sichtkontakt zum Schiff!", rief Lex Andersen aus der Sicherheitsmannschaft. Nels Gordon studierte schnell die Auswertungen. „Eine Leitung zum obersten Präsidenten, schnell!" Am Kommunikator, früher das rote Telefon, waren sofort alle Präsidenten der Länder auf der Erde parallel geschaltet. General Somatin war der Sprecher und gab sofort grünes Licht. In der Zwischenzeit war das Raumschiff NEGUA 7 am Mond Titan angelangt. Es gab keine Kommunikation, weder

vom Schiff und schon gar nicht von der Mars-Station.
„Station Kill!", ordnete Sicherheitchef Nels Gordon
an. Zwei Sekunden später explodierte der Mond Titan
und vernichtete das Raumschiff NEGUA 7. Was war
passiert?

Der Knopf, den Raumschiffkapitän Logan gedrückt
hatte, nahm alle Informationen, Stimmen und Bilder
auf. Der Bordcomputer analysierte alles. Bei unter
Lichtgeschwindigkeit sendete der Bordcomputer alles
zur Erde. Die Botschaft lautete: „WARNUNG!
Eindringlinge an Bord... alle Crewmitglieder wurden
übernommen ... 79.877 weitere körperlose
Außerirdische an Bord ... sie wollen in menschliche
Hüllen transformieren ... sie wollen die Erde
übernehmen ... WARNUNG!" In allen Ländern der Erde
wurde in den Präsidentengebäuden eine Tafel
aufgestellt, mit den Worten: „Wir alle danken
Raumschiffkapitän William Logan. Ohne Brot, Wasser
und Natur gibt es diese Welt nicht mehr, aber dafür
können wir zusammen sorgen. Ohne William Logan
allerdings, gäbe es uns alle nicht mehr! Dank William
Logan, von den Präsidenten und Menschen dieser
Erde!"

Sehnsucht nach Zweisamkeit

„Was hast du heute Gutes in der Redaktion erlebt?", fragte Jeff seine Frau Lisa abends. „Wenn ich das alles sage, war es das mit unseren zärtlichen Stunden heute Abend." Lisa lachte und bereitete das Abendessen, während Jeff den Wein öffnete. Es war das Jahr 2116. Jeff arbeitete in einem Labor in New York an sehr dünnen, aber dennoch hochstabilen Kunststoffe. In allen Formen, Farben und Gewichten gab es diese Kunststoffe bereits. Nun verfolgte man das Ziel, diese Kunststoffe im Weltraum einzusetzen. Alle Fahrzeuge waren bereits aus Kunststoff. Knutschkugeln nennt Jeff sie liebevoll. Straßen und Fahrzeuge waren mit einem abstoßenden Magnetfeld ausgestattet, so gab es keine Reibung, das Fahrzeug schwebte vor- und rückwärts. Vor einhundert Jahren gab es noch schwere Geländewagen, heute schützte man die Natur. Eine Fortbewegung gab es nur auf festgelegten Strecken, aber Fahrräder gab es noch, natürlich aus Kunststoff, hoch stabil und sehr leicht. Lisa arbeitete in einer Redaktion, sie war sehr oft gestresst. Täglich waren unendlich viele Informationen zu bewältigen. Es waren im Jahr 2116 wichtige Infos, seit einigen Jahren hatten die Menschen doch erkannt, dass Qualität wichtiger als Quantität war. Auch gab es keine Sensationslust mehr, Wissen war wichtig, nur keine Zeit zu verschwenden war angesagt.

Jack Renforce hatte einen neuen Superspeicher entwickelt, das war wichtig; und nicht, dass Sängerin Mink ein tiefes Dekolleté hatte. Die Zeit, während der Lisa und Jeff etwas miteinander unternahmen, war ihnen heilig und kostbar. Es ging oft an den Strand – einfach Nichtstun, etwas Beach-Volleyball. Auch gab es herrliche Verwöhn-Zentren in der City; Massagen und Meditationen waren hier angesagt. Leider begann der folgende Tag immer im Stress, denn alle neuen Informationen mussten verarbeitet werden. Nicht nur Lisa, auch Jeffs Kollegen überschütteten Jeff mit neuen Erkenntnissen, die die Supercomputer ausspuckten. Ja, so war das, vor Tausenden von Jahren verdoppelte sich Wissen in Jahren, im 18. Jahrhundert waren es wohl alle 15 Jahre, in der Zeit von Jeffs Großvater waren es schon nur noch 9 Monate. Jeff und Lisa erwarteten ein Kind und ein Arzt stellte bereits einen größeren Kopf fest. Auch Jeffs Kopf war viel größer als der seines Vaters. Jeff und Lisa saßen nun am Kamin mit einem Glas Wein. „Kannst Du Dir vorstellen, Jeff, die neuen Computer erfassen unsere Gedanken und speichern sie. Alles Gesehene wird sofort verarbeitet", sagte Lisa und schaut auf den Kamin. Zärtlich streichelte Jeff Lisas Rücken und meinte: „Was gleich kommt möchte ich aber lieber nicht mit meinem Kollegen morgen teilen." Für diese schönen Stunden richteten sich die beiden ein kleines Paradies ein, schöne Musik, eine Filmbildwand mit dem Strand von Miami Beach.

Auf der Filmbildwand sah man die Wellen, man hörte das Rauschen, auch der Wind war zu spüren, die neueste Generation versprühte sogar den Duft des Meeres. Früher gab es Fototapeten, heute waren es die, mit viel Elektronik, Motoren und Minilüfter ausgestatteten, Filmbildwände.

Viele Jahre vergingen. Bei allen drei Kindern konnten Jeff und Lisa immer größere Köpfe feststellen. Es gab immer mehr Informationen. Die Technik der Teleportation wurde entwickelt. Der zu verarbeitende Stress wurde leider ebenfalls immer größer. „Lass' uns die Kinder in die richtigen Bahnen lenken, dann steuern wir auf einen Planeten zu, wo die Strände grenzenlos sind, wir das Meer riechen und hören, nicht wie jetzt nur aus dem Lautsprecher", schwärmte Lisa.

Die Zeit verging. Die Kinder waren aus dem Haus. Lisa und Jeff waren sogar schon Großeltern. Eines Tages kam Jeff mit einer Überraschung zu Lisa: „Ich habe zwei Teletransport-Karten zum Planeten Menochrome 3, ein weißer Sandstrand erwartet uns, Bäume mit Früchten, man nennt ihn den Planeten der Aussteiger. Wir sagen der stressigen Welt goodbye." „Ja, Liebster, und dort treffen wir bestimmt die Sängerin Mink, das Dekolleté werde ich genau so tief tragen. Wen interessieren schon Supercomputer", schwärmte Lisa und packte ihre Sachen. Einen Weg zurück wollten beide nicht mehr. Übrigens, Sängerin Mink sang jeden dritten Abend live in einer kleinen Bar. Das Dekolleté ist tief ausgeschnitten.

Sirius 12

Die Luft war erdrückend und schwül. Seit Wochen gab
es keinen Regen. Die Trockenheit vernichtete Ernten
und entwässerte viele Seen und Brunnen. Besonders
die Farmer litten darunter, denn auch die Tiere
vegetierten nur noch dahin, da das Wasser rationiert
werden musste. Eigentlich stand Texas kurz vor der
Vernichtung. Die kostbare Flüssigkeit reichte nur noch
für einige Tage. Dann müssten die Menschen und
Tiere über Transporte aus der Luft und den Lkws
versorgt werden. Harry Sleet besaß eine kleine Farm
im Norden von Texas. Ein paar Pferde und Schweine
und ein kleiner Acker, auf dem er etwas Gemüsemais
pflanzte, waren in seinem Besitz. Er ackerte Tag und
Nacht, um die Tiere und das Land zu versorgen. Seine
Frau war krank. Eigentlich war sie immer gesund, aber
Mary Sleet fiel eines Tages in einen tiefen Schlaf, aus
dem sie tagelang nicht erwachte. Danach war nichts
mehr so wie es war. Mit ihren 40 Jahren war sie
immer eine lebenslustige Frau. Harry war etwas
jünger, aber die Arbeit auf der Farm und die Sorgen
um seine Frau ließen ihn innerhalb von Wochen zu
einem alten Mann werden. Mary Sleet konnte,
nachdem sie aus dem tagelangen Schlaf erwachte,
nicht mehr sprechen. Sie starrte nur noch vor sich hin
und murmelte ab und zu ein paar unverständliche
Worte, die sich etwa so anhörten:

„Gnatnom Schotuum eflire som." „Was konnte sie nur meinen?", dachte Harry Sleet. Er wollte sich aber nicht lange damit beschäftigen, denn die Arbeit war ihm wichtiger. Die Hitze wurde immer unerträglicher und das Wasser wurde knapp, sehr knapp. Steve Hendrix war der Sheriff in der Gegend und fuhr ständig umher, um wieder verdurstete Menschen und Tiere von den Straßen holen zulassen. „Unglaublich was hier passiert", dachte er und versuchte mit der Zunge seine Lippen anzufeuchten. Doch plötzlich stand ein Mann vor ihm. Wie aus dem Nichts erschien er ihm. Groß, elegant gekleidet, eine perfekte Aussprache ohne Akzent. Aber er hatte einen ganz eigenartigen Glanz in seinen Augen. Der Sheriff dachte sich aber weiter nichts und fragte ihn: „Was kann ich für Sie tun, Mister?" Der Mann schaute ihn mit seinen durchdringenden Blicken forschend an. Nun sprach er ruhig und gelassen: „Ich will mich hier auf diesem Planeten umschauen." „Aber das tun Sie doch gerade, mein Freund, oder irre ich mich da?"

Der Mann antwortete nicht sofort. Doch dann sprach er in einer dem Sheriff unbekannten Sprache: „Gnatnom, Schotuum, eflire som." Er wurde wütend und schrie diese Worte quasi heraus. „Wir brauchen Eure Ressourcen und Euer Wasser für unsere Planeten. Siranus und Runos sind am gefährdetsten. Wir trocknen aus. Unsere Atmosphäre ist nicht mehr zum Atmen geeignet. Alle Lebewesen sterben aus.

Und wenn wir sehen, wie ihr mit euren Ressourcen umgeht, könnten wir platzen vor Wut. Aber wir werden Schluss damit machen. Wie ihr schon gemerkt haben solltet, ziehen wir euch langsam den Sauerstoff ab und auch das Wasser zum Trinken."
„Aber warum?", fragte der Sheriff. „Unschuldige Menschen werden sterben!" „Darauf können wir keine Rücksicht nehmen. Wir haben auch auf der Erde schon Verbündete, die uns regelmäßig mitteilen, was hier passiert."

Steve Hendrix war verzweifelt. Wer sollte ihm glauben, was er gerade erlebte? Der feine Herr verschwand so schnell wie er gekommen war. Die Sonne brannte erbärmlich und der Durst zerrte am Verstand des Sheriffs. Auf dem Weg zurück schaute er bei Harry und Mary Sleet vorbei. Er klopfte an. „Hallo Harry", sagte Steve völlig durch den Wind. „Wie geht es deiner Frau?" „Sie spricht immer noch nicht und wenn dann nur unverständliche Worte." Mary Sleet betrat das Zimmer und schaute den Sheriff mit durchdringendem Blick an. Sie sprach die Worte, die er zuvor von dieser Person auf der Landstraße zu hören bekam. „Gnatnom Schotuum eflire som." Übersetzt heißt es: „Seid auf der Hut, wir sind schon hier." Der Polizist sagte nichts mehr, sondern setzte sich, wurde kreidebleich und verlangte einen Schluck Wasser, den er mit Müh und Not bekam. Das Wasser der Brunnen war fast versiegt und die Tiere starben eines nach dem anderen. Tote lagen auf den Straßen und das Elend war nicht mehr aufzuhalten.

„Diese Worte", sagte der Sheriff, „habe ich heute schon gehört, von einem großen Menschen, der sehr elegant gekleidet war. Er sprach unsere Sprache und fügte diese Worte, genau diese Worte, hinzu. Er drohte mir. Er sagte, dass der Sauerstoff langsam der Erde entzogen wird und das Wasser zu zwei Planeten transportiert wird, auf dem es langsam aber sicher keinen Sauerstoff und keine Möglichkeit mehr gibt zu überleben. Mary Sleet konnte plötzlich wieder sprechen, aber es war nicht ihre Stimme: „Wenn Ihr schlau seid, kommt mit. Kommt auf unseren Planeten, gebt uns die Chance, mit Eurem Wasser und dem Sauerstoff wieder Leben aufzubauen. Bitte kommt. Unser Raumschiff steht in drei Tagen über Texas und ihr habt die Möglichkeit, mit uns zusammen etwas zu verändern. Eure Welt existiert bald nicht mehr und die Menschen sind dumm und selbstsüchtig. Sie haben alles zerstört." Harry, Steve und Mary, aber auch viele andere Menschen, die bis zum Eintreffen des Raumschiffs überzeugt werden konnten, hatten sich zusammengetan, um den Planeten zu verlassen.

Als das Raumschiff eintraf und über Texas stand, wurden diese Leute hinein geholt und reisten innerhalb kürzester Zeit zu einer fernen Welt. Denn irgendwann würde es nicht mehr möglich sein, die

Erde zu verlassen. Wir werden verlieren. Der Mensch wird lernen müssen, dass Sauerstoff, Wasser und Nahrung ein Geschenk sind, mit dem er sorgsamer umgehen muss, damit unser Globus nicht in der unendlichen Dunkelheit des Universums verschwindet.

Die Weltpolitik macht Ernst

Im Jahr 2040 einigten sich nun endlich alle Staaten darauf, dass das Weltklima unbedingt gerettet werden muss. …
Zwar verbesserte sich ab 2020 das Weltklima, jedoch brachen alle Bemühungen im Jahr 2028 zusammen. …

2040, direkt am 1. Januar, wurde nun das auf der letzten Weltklimakonferenz festgelegte Protokoll „GLOBAL FINAL FUEL END – Part 8" umgesetzt. Insgesamt wurden 16 verschiedene Teile verbindlich vereinbart. Kein Staat weigerte sich, das Protokoll nicht zu unterschreiben. Denn nun wurde es Ernst, nachdem der Meeresspiegel um einige Meter gestiegen ist, gibt es einige Städte rund um den Globus nicht mehr. Übrigens gibt es das SÜLTZ BÜCHER Büro in Tinnum auf Sylt schon lange nicht mehr, es liegt alles Unterwasser, von List bis Hörnum, die gesamte Insel ist Geschichte.

Eine erste „Weltklimakonferenz" unter dem Dach der UN, die First World Climate Conference (WCC-1), fand 1979 in Genf statt und wurde von der Weltorganisation für Meteorologie (WMO) organisiert. Hier berieten Experten von Organisationen der Vereinten Nationen (UN) über die Möglichkeiten der Eindämmung der durch den Menschen verursachten schädlichen

Klimaveränderungen. Schwerpunkt und wichtiges Ergebnis war die hier ausgesprochene Warnung, dass die weitere Konzentration auf fossile Brennstoffe im Zusammenhang mit der fortschreitenden Vernichtung von Waldbeständen auf der Erde „zu einem massiven Anstieg der atmosphärischen Kohlendioxidkonzentration führen" wird.

In den 16 verschiedenen Teilen wird alles behandelt, was schädlich für unser Klima ist. Dieser achte Teil behandelt alle Arten von Antrieben mit fossilen Brennstoffen. Ob Motorsägen, Laubbläser, Rasenmäher, Züge, Schiffe, Autos bis zu Flugzeugen, alles ist im achten Teil festgelegt. Vor 30, 40 Jahren war noch kein Denken daran, freiwillig etwas aufzugeben, was da schon schädlich war. „Die anderen können ja anfangen, mein Rasenmäher läuft noch." So war eben das Denken der Menschen.

Bis dann endlich die Natur zuschlug. In Fahrzeugen mit alten Motoren nach dem Otto- oder Diesel-Verfahren mussten genau am ersten Januar Prüfgeräte eingebaut sein, die die Luftverschmutzung messen. Ob in der Schifffahrt oder bei den Flugzeugen, aber auch bei den noch vorhandenen Oldtimern auf der Straße, die Gesetze sind nun knallhart.

Alle Prüfgeräte arbeiten über Satelliten, messen den CO2-Ausstoß, geben Alarmberichte an die jeweiligen staatlichen Kontrollbehörden weiter und legen das Fahrzeug bei sehr grobem Verstoß sofort still. Schlimmer noch, bei der Stilllegung wird der jeweilige Motor vollständig zerstört. Die Umsetzung funktionierte gut. Nutznießer dieser Maßnahmen waren Abschleppunternehmen. Mit Oldtimern, die einen zu hohen Ausstoß hatten, konnte der Besitzer noch 30 Kilometer fahren, dann erlosch das Leben des AMG 12 Zylinders.

Die Abschleppunternehmen kamen der Arbeit gar nicht nach, alle am Straßenrand nun abgestellten Fahrzeuge abzuschleppen. Die Erde ist Geräuschloser geworden.

Aber auch 2040 ist Kriminalität immer noch ein großes Thema. Raubüberfälle, Diebstahl, Morde und Internetkriminalität sind an der Tagesordnung der Polizei.

Am 6. Juni 2040 stürzte ein großes Passagierflugzeug ins Meer. 386 Fluggäste verloren ihr Leben. Am 18. Juli stürzte ein Passagierflugzeug auf die Freiheitsstatue in New York. Drei weitere Maschinen stürzten zielgenau in Moskau, Tokio und in Berlin auf markante Gebäude ab.

„Es kann kein Zufall sein", sagt Special Agent Mike Miller. „Zuerst stürzte nur eine Maschine ins Meer. Jetzt werden Ziele ausgewählt, wie es 2001 in New York gewesen ist. Nur vermute ich, jetzt geht der

Terror wieder los, jetzt um die ganze Welt." Es dauerte nicht lange und das World Security Bureau WSB wurde gegründet. Jeder Staat bekam ein Büro mit direktem Kontakt zu allen anderen Büros. Computerspezialisten untersuchten die Black Boxen der Passagierflugzeuge. Sie wurden fündig. „Meine Damen und Herren, mein Name ist Bernd Wardenga, ich bin Ingenieur für Computerwesen. Unsere Resultate aus München möchte ich ihnen mitteilen. Ich möchte sie nicht mit unnötigen Daten nerven, wir kommen schnell zum Ziel. Jedoch etwas Grundkenntnis muss geklärt werden. Die Pro-Kopf-CO_2-Emissionen werden in Computern in den Prüf- und Kontrollgeräten berechnet. Jedes Fahrzeug auf der Straße wird ausgewertet ob sich eine oder vier Personen im Innenraum befinden. Somit können vollbesetzte Wagen weiter und länger fahren. In 5 Jahren ist natürlich auch diese Berechnung hinfällig, denn dann werden alle Fahrzeuge verboten. Flugzeuge müssen heutzutage voll besetzt sein, die Software ist dafür verändert worden. Und hier liegt das Problem. Zwei Black Boxen zeigten ein verändertes Programm."

„Sozusagen ein Computervirus", sagt Special Agent Mike Miller. „Genau. Aber wie kommt der ins System? Was wird damit bezweckt?"

„Tja, Erpressung von Lösegeld", so Miller.

Fragen über Fragen. Antworten wurden konkret noch nicht gefunden. Alle wollen in Kontakt bleiben.

Flug 937 A 63 von New York nach Tokio: Auf den Bildschirmen der Crew und aller Fluggäste wurde folgendes in allen Sprachen eingeblendet: „Was glauben Sie, bedeutet folgender Breitengrad 35.6894875 und Längengrad 139.6917064? Richtig, es ist Tokio. Was glauben Sie, wohin Sie fliegen? Genau, nach Tokio. Und vor der Landung auf dem Flughafen stürzen Sie alle in ein gut besuchtes 11 stöckiges Kaufhaus. Schreien ist zwecklos. In drei Stunden ist Ihr Leben zu Ende." Auf allen Monitoren an den Sitzen blendete sich eine Countdown-Uhr ein. Die Passagiere waren geschockt und schrien auf.

Die Crew verständigte sofort das World Security Bureau. Mit aller Macht und Schnelligkeit wurden alle Informationsdienste im Internet und TV angewiesen, dass die Hacker ihre Forderungen stellen sollen. Um Menschenleben zu schützen, wird alles dafür umgesetzt.

Computerspezialist Wardenga arbeitete mit seinem Team unter Hochdruck an einer Lösung. Die Hacker lernten. Zuerst gab es ja den willkürlichen Absturz ins Meer. Dann die gezielten Abstürze in markante Gebäude. Und jetzt werden alle Fluggäste über ihren Tot informiert. „Das ist ja so abscheulich", sagte Wardenga. Er kam einfach nicht in das

Computerprogramm des Flugzeugs. „Wir schießen das Flugzeug ab, solange es noch über dem Ozean ist. Dann ist das Warten auf den Tot kürzer und die Passagiere wissen nicht wann es passiert", schlug das World Security Bureau vor. „Das ist genauso abscheulich", sagt Wardenga, nachdem er dies hörte. Das Prüf- und Kontrollgerät ließ sich nicht ausbauen, das ist so gewollt. In das Computerprogramm konnte Wardenga nicht eindringen, das kontrollieren die Hacker.

Wardenga berief per Internetchat wichtige Piloten ein. „Chesley Sullenbergers Notwasserung auf dem New Yorker Hudson River im Jahr 2009 wäre eine Möglichkeit. Sullenberger fielen bei seinem Airbus A320 bei 3000 Fuß beide Triebwerke aus. In der Regel wird das Flugzeug die Flughöhe nicht halten können und in einen langsamen Sinkflug übergehen", sagte ein Experte von Boeing. So ohne weiteres lässt sich ein Flugzeug nicht abschalten, während des Flugs schon gar nicht. Außerdem muss es steuerfähig bleiben. Unsere Passagierflugzeuge sind trotz ihres Gewichts in der Lage zu segeln. Es kann also noch 153 Kilometer weit gesegelt werden. Dieser Gleitflug würde gute 20 Minuten dauern.

Es bleiben noch eine Stunde und 20 Minuten, um Entscheidungen zu treffen. Mit der Flugzeugcrew wurde das weitere Vorgehen besprochen. Man schaltete das Flugzeugfunkgerät ab und kommunizierte nur noch über Handys. Süd-östlich von Tokio liegt der Hafen am Shiota River. Nun wurde berechnet ab wann das Passagierflugzeug in den Gleitflug übergehen kann. Japanische Schiffe begannen die Hilfsmaßnahmen zu koordinieren. Wardenga schlug vor, die Triebwerke gezielt mit den in den Militärflugzeugen verbauten Laserkanonen zu zerstören. Anders ließe sich der Schub bis Tokio nicht verhindern. Die Steuerung funktioniert ja, lediglich korrigiert die automatische Steuerung das Flugzeug wieder, da von den Hackern schließlich die Koordinaten in Tokio fest einprogrammiert wurden.

200 Kilometer vor der Küste Japans sollte es dann soweit sein. Die Marine ist bereit. Sechs Bomber flogen der Passagiermaschine entgegen. Bei genau 220 Kilometern vor der Küste war es soweit. Die Bomber flogen eine Schleife und zielten auf die Triebwerke der Passagiermaschine. 50 Kilometer vor der Küste war alles bereit. Die Bomber schossen genau bei 200 Kilometern vor der Küste. Alle vier Triebwerke wurden getroffen.
Die vier Bomber trafen mit den Laserkanonen perfekt. Die zwei weiteren Bomber hätten einen verfehlten Schuss oder Strahl ersetzen können. Laut Berechnungen beginnen nun die 20 Minuten Gleitflug, das wären 153 Kilometer. Ein Faktor ist natürlich

unberechenbar, das ist das Gegensteuern des Computers.

Langsam ging es in Richtung Wasseroberfläche des Ozeans. Immer wieder kämpften die Piloten gegen das Korrigieren des von den Hackern einprogrammierten Kurses auf Tokio. Die Wasseroberfläche kam immer näher. Im letzten Augenblick riss der Kapitän die Nase des Passagierflugzeugs nach oben, noch bevor der Computer korrigieren konnte.

Die Marine war auf Kurs. Das Flugzeug kam mit dem Wasser in Kontakt. Der Aufsetzwinkel war perfekt. Eilig steuerte die Marine das Flugzeug an. In 20 Minuten würde das Flugzeug sinken, aber tatsächlich schaffte es die Marine alle Passagiere und die Crew zu retten.

„Wir haben gesiegt, aber es ist erst der Anfang einer neuen Dimension an Kriminalität. Wir konzentrieren uns nun darauf, die Hacker und Kriminellen zu fassen. Wir müssen im Laufe der Zeit schneller werden, so wie immer, so, wie in jedem Jahrhundert", sagte Special Agent Mike Miller.

Tanz der Horror-Sichel

Es war das Jahr 1896 in London ...

Unheimliche Nebelschwaden legten sich über die Stadt. Es trieben sich unzählige zwielichtige Gestalten in der Stadt herum. Elektrische Laternenbeleuchtung gab es noch nicht. Straßen, und sogar kleinere Nebenstraßen, waren mit dickem Kopfsteinpflaster überzogen. Schritte im Dunkeln konnte man sehr deutlich hören. Bei diesem dicken Nebel war es gruselig in der Nacht.

An einem Freitagabend gegen 21 Uhr, es war wie gesagt kalt und neblig, hielt eine Kutsche genau vor dem Pub von Andree Stone. Ein hagerer Mensch, ganz in Schwarz gekleidet, stieg aus dem Pferdewagen. Er bewegte sich langsam, es war unheimlich anzusehen.

Andree Stone, der Wirt, war ein biederer alter Mann, der die letzten Jahre in seiner beliebten Bierstube verbringen wollte. So konnte er sich noch ein paar Pfund Sterling verdienen, um die Unkosten des Pubs begleichen zu können. Er rechnete nicht damit, dass um diese Zeit noch ein Gast kam. Heftig pochte dieser an die Scheibe des kleinen Fensters. Wortlos öffnete der Wirt die Tür und deutete mit einer

Handbewegung an, dass eingetreten werden kann. Auch dieser suspekt wirkende Herr sprach nicht.

Die schwarze Kleidung und der schwarze Hut, der weit ins Gesicht hing, machte Andree Stone Angst. Außerdem trug der Herr einen schwarzen Koffer mit sich, den er fest in seiner linken Hand hielt. Um Mitternacht war der Pub immer noch durch die zahlreichen Gaslaternen hell beleuchtet. Irgendwann muss der in Schwarz gekleidete Herr den Pub wieder verlassen haben. Niemand hat ihn gesehen und niemand weiß, was sich im Pub abgespielt hat.

Gegen Morgen des folgenden Tages brachte der Zeitungsbote die Daily Mail in den Pub. Der Bote klopfte wie immer an die Tür. Stone rief aber nicht „komm' herein in die gute Stube". Vorsichtig öffnete der Bote die Tür zum Pub. „Herr Stone! Ihre Daily Mail ist hier!", rief er. An der Theke angekommen bemerkte er, dass er in irgendetwas Glitschiges getreten hatte. Der Bote blickte auf den Boden und erschrak. Andree Stone lag in seinem Blut. Der Kopf, Arme und Beine lagen abgetrennt neben dem Torso. Das Blut war komplett aus seinem Körper gelaufen und bildete eine entsprechend große Blutlache.

Von der Polizeiwache, 26 Old Jewry, kam der Beamte Jack Harris in den Pub. Jack Harris drehte sich mit einem verzerrten Gesicht um, als er den Toten sah. Sein Mageninhalt drohte sich selbstständig zu machen. So etwas Grausames hatte er in seiner gesamten Laufzeit als Kripobeamter nicht gesehen.

In einer exakt gerade geschnittenen Linie wurden dem Pub-Besitzer der Kopf und die übrigen Gliedmaßen abgetrennt.

In den darauf folgenden Monaten wurden noch viele Morde gemeldet, die diesem Mord gleich kamen. Immer wieder fanden Kommissar Harris und seine Kollegen zerstückelte Leichen. Es gab aber kein Muster. Niemand wusste, wer das nächste Opfer werden würde. Es traf sogar den armen Daily-Mail-Boten. In einer Nebengasse suchte sich sein Blut in den Fugen des Kopfsteinpflasters einen Weg zum Abwasserkanal.
Eine Prostituierte ist diesem unheimlichen Mörder ebenfalls zum Opfer gefallen. Ihr nächster Freier bekam einen Nervenzusammenbruch, als er Arme und Beine in der Wohnung verteilt liegen sah. Das Bett der Prostituierten war blutrot gefärbt … die Matratze völlig durchnässt. Und in einem Fall wurde der Mord entdeckt, weil durch den Holzboden Blut in die darunterliegende Wohnung tropfte. Der getötete war ein Apotheker. Wie gesagt, es ließ sich kein Zusammenhang herstellen.

Kommissar Harris setzte sich mit seinen Kollegen an einen Tisch. Die Ratlosigkeit in ihren Gesichtern sprach Bände.

Der Täter hinterließ in keinem der Mordfälle eine Signatur. Lediglich ahnten sie, dass es sich bei der Mordwaffe um etwas Größeres, als um ein Messer handeln musste. Arme und Beine mussten mit einem Hieb abgetrennt worden sein, so sauber war der Schnitt. Man einigte sich auf die Akte „Sichel-Mörder". Irgendwann legte man diese Mordfälle vorläufig zu den Akten. Vergessen wurden sie natürlich nicht.

London 1991 ...

Eine Sichel war es damals in der Tat. Die Sichel war goldfarben und hatte einen blutroten Griff. Steven Miller bekam sie von seinem verstorbenen Großvater geschenkt. Er brachte die Sichel aus Boston, USA, mit nach Großbritannien. Damals sagte er zu ihm: „Mein Junge, diese Sichel ist etwas Besonderes. Wenn Du sie sorgfältig behandelst, wird sie Dir Glück bringen. Solltest Du sie aber vergessen und nicht mehr wissen, dass sie in Deinem Besitz ist, wirst Du das Unheil kennenlernen. Deine Seele verändert sich und Du bist nicht mehr der, der Du mal gewesen bist." Steven konnte nicht glauben, was der Großvater da von sich gab. Die Sichel war aber so faszinierend schön, dass gleichzeitig   etwas Magisches, aber auch etwas Grausames von ihr ausging. In einem mit rotem Samt verkleideten Koffer überreichte der Großvater Steven die Sichel. Tatsächlich vergaß der junge Mann im Laufe der Zeit, dass er sie besaß.

Doch eines Tages erinnerte er sich wieder an die Sichel. Er begab sich auf den Speicher seines Hauses und dachte an seinen Großvater.

Er erinnerte sich wieder an die Worte seines Großvaters. Vorsichtig nahm er sie aus dem Koffer und versuchte den alten Glanz wieder herzustellen, den die Sichel einst besaß. Doch es ging nicht mehr. Sie blieb stumpf und rostig. Doch noch etwas anderes fiel Steven auf. Er merkte, dass mit ihm etwas geschah. In seinem Körper ging etwas vor sich, dass ihm gar nicht gefiel. Einige Minuten später befand er sich plötzlich nicht mehr in seiner modernen Londoner Wohnung im Jahr 1995, sondern im 19. Jahrhundert.

Jetzt lebte er in einer ärmlich eingerichteten Stube, die sich über einem Krämerladen befand. Sein verschlissener, schwarzer Mantel hing ordentlich an der Zimmertür. Steven war immer wieder von oben bis unten mit Blut beschmiert, doch er schlief tief und fest. Als er erwachte, wurde ihm klar, dass er sich wieder in den Fängen dieser grausamen Sichel befand. Es wurde ihm übel, auch sein schwaches Herz machte nicht mehr lange mit. Was hatte er nur jetzt wieder getan? Jedes Bemühen, sich aus diesem Horrortraum zu befreien, schlug fehl. Der junge Mann konnte nicht wiedergutmachen, was er getan hatte. Seine moderne Londoner Wohnung ließ ihn zeitweise auf andere Gedanken kommen. Der Koffer mit der Sichel stand im Flur. Immer deutlicher wurde ihm klar, dass er sich in den Armen eines Dämons befand.

Ein Entkommen war nicht möglich. Das war doch nicht er, der da mordete … nein, das war er wirklich nicht. Es war die Sichel … war es der Geist der Sichel? Kaum, dass sich Steven etwas von seiner letzten Tat erholen konnte, fing alles wieder von vorne an. Innerhalb weniger Sekunden befand er sich immer wieder im nebeligen London des 19. Jahrhunderts wieder. War es eine von der Horrorsichel ausgelöste Zeitschleife?

Wieder trug er diesen langen, schwarzen Mantel. Die Krempe seines Hutes verdeckte sein komplettes Gesicht. Wie von Geisterhand gesteuert öffnete er die Tür seines Zimmers und ging leise die Treppe hinunter. Seine Vermieterin sollte nichts merken. Er verschonte sie sogar. Wieder mordete er in vielen unheimlichen Nächten. Er zerstückelte seine Opfer immer wieder. Niemals hinterließ er eine Signatur.

In einer Nacht im Jahr 1899 aber streikte sein krankes Herz. Man fand Steven Miller tot neben seinem Opfer liegen. Kommissar Jack Harris fand die Toten. Die ungelösten Mordfälle hatten sich nun endlich von alleine gelöst. Vorsichtig wurde die Horrorsichel verpackt und dem hiesigen Metropolitan Police Crime

Museum übergeben. Hin und wieder wurde die Sichel auch in anderen Museen ausgestellt.

Jedoch wusste niemand, welche dämonischen Kräfte in dieser Sichel steckten. Steven Miller starb also im Jahr 1899, in der anderen Realität galt er seit 1995 als verschollen.

...

Eine andere Zeit – der gleiche Horror ...

New Scotland Yard - Metropolitan Police Crime Museum – 1967

Ein Umzug in größere Räume stand an. Das sogenannte Schwarze Museum beinhaltete viele Mordinstrumente, die von jedem Polizisten angesehen werden konnte. Verantwortlich für den Umzug war Polizist Jack Gordon. Als er die Sichel mit dem blutroten Griff nehmen wollte, löste diese sich aus der Verankerung und durchtrennte den Daumen von der Hand Gordons. Dieser Augenblick reichte aus, dass die Sichel das Böse zu Gordon übertrug. Er schrie nicht vor Schmerzen. Jack Gordon nahm die Sichel mit der anderen Hand und legte sie in seinen Aktenkoffer. Der Daumen verblieb im Glaskasten. Mit einem Taschentuch stillte er die Blutung. Er verlor sehr viel Blut. Mit letzter Kraft warf er den Aktenkoffer am Themse Weg in den Fluss. Er schaffte es noch bis in die Kirche „St. Edmund Church". Danach brach der Polizist zusammen und starb. Untersuchungen des Blutes im Daumen und im Körper ergaben, dass das Blut schwarz war und ohne Sauerstoff.

...

Boston, Massachusetts, 1981

Linda Evans spielte am Strand in der Nähe des Yacht Clubs in Boston. Ihre Eltern Ben und Liv Evans verhandelten gerade mit dem Besitzer des Yacht-Clubs über einen Wochenendausflug mit einer Motoryacht. Das Geschäft wurde besiegelt. „Linda! Kommst Du bitte! Wir wollen fahren!", rief Vater Ben. „Dad, schau einmal, was ich gefunden habe!", rief Linda. Ben und Liv staunten nicht schlecht, denn ihre Tochter fand einen verschlossenen Aktenkoffer. „Na, wenn das das große Los ist, dann brauchen wir die Yacht nicht zu mieten, dann kaufen wir sie gleich", flachste Ben. „Glaubst Du wirklich, da sind Dollar im Koffer?", fragte Liv. „Ich weiß es nicht. Wir nehmen den Koffer erst einmal mit. Er muss zuerst trocknen", antwortete Ben. Fröhlich fuhr die Famile zuerst zu McDonnalds, dann ging es nach Hause. Sie wohnten in Westminster, Massachusetts. Das Haus lag mitten im Wald. Liv liebte ihren Kräutergarten ... Ben seinen alten Mustang, an dem er jede freie Minute arbeitete. „Was war eigentlich im Aktenkoffer?", fragte Liv ihren

Ehemann. „Oh, gut, dass Du fragst. Ich weiß es nicht. Wir schauen zusammen hinein."

Der Aktenkoffer lag nun bereits eine Woche im Auto. Sie brachen das Schloss auf und fanden eine stark verrostete Sichel. „Na, das war wohl nichts mit der Million Dollar", sagte Ben ganz enttäuscht. „Macht nichts. Ich kann die Sichel gut für meinen Kräutergarten gebrauchen. Restaurierst Du sie mir?" „Eine neue Sichel wäre günstiger." „Ach, nein, dieser Fund erinnert mich immer an den herrlichen Ausflug."

Ben legte die Sichel in das Gartenhaus. Hier waren Werkzeuge und Ersatzteile für den Mustang gelagert. Wochen später wollte Ben die Sichel auf Hochglanz bringen. Irgendwie gelang es ihm aber nicht. Kaum glänzte sie, war sie am nächsten Tag wieder matt. Wütend warf er sie in die Ecke. Die Sichel prallte von der Wand ab und traf Liv am Oberschenkel. Liv wollte ihren Ehemann mit einer Limo überraschen. Ben zog die Sichel aus dem Bein und verband die Wunde notdürftig. Sofort fuhr die Familie ins Heywood Hospital. Liv wurde behandelt. Erleichtert kehrten sie im Westminster Café ein.

Tage später nahm Liv den Verband ab. Sie und ihr Ehemann erschraken, denn um die Verletzung herum verfärbte sich die Haut schwarz. Ben rannte wütend zum Gartenhaus. Er nahm die Sichel und schlug mit einem Hammer auf sie. ... Wieder fuhren sie ins

Hospital. Liv musste nun stationär behandelt werden. Ben und seine Tochter fuhren zurück. Erschöpft legte sich Ben in die Hängematte auf die Terrasse. Linda spielte im Garten. Sie kam dem Gartenhaus immer näher. Jetzt waren es noch wenige Meter bis zur Tür. „Ich spiele nun verstecken mit meiner Puppe!", rief sie. Vater Ben war eingeschlafen. „Suche mich doch! Wo bin ich?" Linda versteckte sich im Gartenhaus.

Es blitze eine funkelnde Sichel auf. „Oh, die ist aber schön. Dad hat sie bestimmt für Mum poliert. Ich bringe sie ihm." Linda rannte mit der Sichel zu ihrem schlafenden Vater. Auf den Stufen kam sie ins Straucheln. Mit voller Wucht traf die Sichel ihren Dad mitten ins Herz. Er war sofort tot. Linda stürzte gegen einen Holzbalken, ihr Genick war gebrochen. Sie starb nur Minuten später. Ben blutete stark. Das Blut tropfte auf die Terrasse. Es verfärbte sich alles schwarz. Im Hospital kämpften die Ärzte mit einer Blutvergiftung bei Liv. Sie verloren den Kampf, Liv starb. … … …

Die Erben boten das Haus zum Kauf an. Zwei Brüder, Jack und Bill Miller, kauften das Haus. Bills Ehe war gescheitert. Seine Ex-Frau nahm sich vor Jahren das Leben. Als sie in das Manhattan Psychiatric Center eingeliefert wurde, schrie sie immer noch, dass die ganze Familie sterben würde. Olivia litt schon lange unter Wahnvorstellungen. Bills und Olivias gemeinsamer Sohn zog bereits früh aus dem Elternhaus. Er studierte in New York, heiratete eine gute Frau und sie bekamen einen Sohn … Steven … Steven Miller. Erst nach Olivias Tod wurde festgestellt, dass Olivias Krankheit erblich bedingt ist. Nachfahren können ebenfalls daran erkranken.

Jack und Bill richteten das neu erworbene Haus ein. Jack, der nie verheiratet war, kümmerte sich mehr um den Garten.

„Hier war wohl einmal ein Kräutergarten. Den werde ich wieder neu anlegen. Es lag sogar eine Sichel im Schuppen", sagte er zu seinem Bruder. Sein Bruder Bill erfreute sich über herrliche Ölgemälde, aber auch darüber, dass Jack Kräuter pflanzen wolle. Bill kochte für sein Leben gern und dazu kann er Kräuter gut verwenden. „Ich nahm immer eine Schere zum Abschneiden der Kräuter", schlug Bill vor.

Die Zeit verging. Alles schien zur besten Zufriedenheit. Eines Tages kam Jack mit einer Schnittwunde ins Haus. An der linken Hand hing der Daumen in Fetzen an der Hand. In der rechten Hand hatte er blutverschmierte Kräuter. „Hier habe ich frische Kräuter, Bill." „Jack!", schrie Bill auf, „Was ist passiert?" „Ach, das wird schon wieder", nuschelte Jack. Sofort fuhren sie ins Heywood Hospital. Der Daumen konnte nicht gerettet werden. Er war schon schwarz und ohne Leben.

Mit der Zeit veränderte sich Jack. Jeden Tag sah Bill aus dem Fenster. Jack war im Garten und schlug mit der Sichel wild um sich. Es schien so, als würde sein Bruder in einer anderen Welt leben.

Eines Tages besuchte der Sheriff die Brüder. „Mein Name ist Cobb, John Cobb. Ich bin Sheriff hier in Westminster. Vor zwei Tagen ist vor unserer Kirche eine tote Frau abgelegt worden. Sie beide wohnen zwar außerhalb des Tatortes, aber ich muss trotzdem nachfragen. Ich vermute, dass der oder die Täter die Frau an einem anderen Ort getötet haben. Die Autobahnabfahrt nach Westminster ist ganz in der Nähe. Haben Sie etwas gesehen?" „Nein, ich war mit meinem Bruder auf unserem Grundstück. Hierher verirrt sich niemand. Wurde die Frau vergewaltigt? Wie sieht sie aus?", fragte Bill. „Das wollen Sie bestimmt nicht wissen. Ihr Anblick ist grauenvoll. Wenn Sie beide mir noch Hinweise geben können, hier ist meine Karte."

Tage später fuhr Bill zum Einkauf. Hierbei erfuhr er, dass die Frau 35 Jahre alt gewesen ist. Ihr wurden Arme und Beine abgetrennt. Alles war in einem Müllbeutel zu finden. Messerscharf wurden die Gliedmaßen abgetrennt. „Wir haben es schon einmal mit einem Kettensägen-Mörder zu tun gehabt. Die Abtrennungen waren durch die Kettensäge zerfetzt. Bei der Frau sah es aber so aus, als wäre eine Sense oder ein großes scharfes Messer im Spiel", sagte der Verkäufer. „Oder es war eine Machete?", ergänzte ein Kunde. „Vielleicht eine Sichel?", fragte Bill. „Eher nicht, da muss man weit ausholen und braucht viel Kraft", erwiderte der Verkäufer.

Bill kam zum Haus zurück. Jacks alter Ford stand nicht in der Garage. Er trug den Einkauf ins Haus und begann mit der Vorbereitung der Steaks. Jack kam zurück. Schnell verschwand er im Bad. „Jack! Ist alles in Ordnung?" Als Jack aus dem Bad kam, schien alles gut zu sein. Beide genossen die leckeren Steaks. Am Nachmittag pflegte Jack seinen Kräutergarten, während Bill das Haus säuberte. Im Bad ist ihm ein blutverschmiertes Handtuch aufgefallen. Ohne Bedenken steckte er es zur Schmutzwäsche.

Drei Tage später war der Geburtstag von Bill. Er lud seinen Bruder ins Café ein. Beide bestellten Omelett mit Speck. „Habt Ihr schon vom neuen Mord gehört?", fragte die nette Serviererin. „Nein! Ist schon wieder etwas passiert?", fragte Bill erschrocken. „Im Dunn State Park ist ein älterer Mann tot und zerstückelt aufgefunden worden. Er wohnte in Gardner. Teile seines Körpers trieben im Wasser. Ein Bein fehlte der Polizei noch. Wieder sind die Gliedmaßen messerscharf abgetrennt worden. Jetzt sogar der Kopf." „Gut, dass wir das Omelett schon gegessen haben. Da wird mir ganz übel. Bringe uns noch einen

Whiskey", sagte Bill. Trotzdem ließen sich die Brüder Bills Geburtstag nicht verderben. Abends gab es dann noch einen herrlichen Geburtstagsbraten. Bill fiel dabei auf, dass Jack den Braten vorzüglich und perfekt in Scheiben messerscharf geschnitten hatte.

Irgendwie musste er an die Morde rund um den Ort Westminster denken. Wie messerscharf doch die Gliedmaßen von den Körpern abgetrennt worden sind. Bill schüttelte sich und dachte „male dir das nicht weiter aus".

Eines Tages fuhr Jack zum Einkaufen. Zu spät bemerkte Bill, dass wichtige Zutaten fehlten, um für das Wochenende gut versorgt zu sein. Jack war schon Stunden unterwegs. Bill stieg in seinen Buick und fuhr zum Vincent's Country Store. „Hat mein Bruder alles eingekauft?" „Dein Bruder war nicht bei uns, zumindest heute nicht", antwortete der Verkäufer. Das war für Bill eigenartig, denn auf der Fahrt zum Store sah er ihn auch nicht. Nun gut, Bill suchte sich Öl, Salz und Pfeffer und stieg wieder in sein Auto. Er fuhr die Leominster Straße entlang, als ihm an der Kreuzung zum Friedhof Jack mit seinem Ford entgegenkam. Links ging es zur Autobahn, rechts nach Hause und geradeaus zum Friedhof eben. Was wollte Jack dort? Jack sah Bill nicht. Nun fuhr Bill langsam auf der Narrows Road den Friedhof entlang bis zur East Road. Dann drehte er und fuhr zurück. Am Friedhof angekommen, sah er schon den Sheriff aus dem Wagen steigen. Eine Friedhofbesucherin fuchtelte aufgeregt mit den Armen und zeigte auf ein Grab. Bill stieg aus seinem Wagen aus. Er folgte dem Sheriff. Der Sheriff blieb wortlos an einem Grab stehen.

Noch 15 Meter, dann war auch Bill am Grab. Noch 8 Meter ... noch 5 Meter ... Bill musste sich übergeben. Vor einem Grabstein wurden Arme und Beine aufgestapelt. Auf dem Grabstein lag der Rest des Körpers. Das Blut floss am Grabstein herunter. „Was suchen Sie hier?", fragte der Sheriff erbost. „Nichts, nichts, wirklich nichts", stotterte Bill. Bill rannte zu seinem Auto zurück. Mit durchdrehenden Reifen fuhr er nach Hause. Sofort suchte Bill seinen Bruder. Im Haus war er nicht. Bill rannte zum Gartenhaus. Er stieß die Tür auf und sah Jack, wie er die Sichel putzte. „Wo warst Du, Jack?", schrie Bill seinen Bruder an. „Ich, ich, ich weiß es nicht, Bill. Bill, irgendetwas stimmt mit mir nicht. Bitte hilf mir", schluchzte Jack und legte die Sichel behutsam in eine Schatulle. Das ganze Wochenende redeten die Brüder miteinander. Ein Resultat gab es nicht. Montags kam der Sheriff vorbei. Er wollte genau wissen, wo sich die Brüder am Tattag auf dem Friedhof gewesen sind. „Ich war im Vincent's Country Store. Der Verkäufer ist mein Zeuge. Ganz in Gedanken bin ich an der Kreuzung nicht links abgebogen, sondern geradeaus zum Friedhof gefahren." „Warum waren Sie in

Gedanken?", fragte der Sheriff. „Meinem Bruder ging es nicht gut ... das Herz", log Bill. Der Sheriff glaubte Bill und verließ das Haus. „Jack, hast Du mir wirklich nichts zu sagen?", wollte Bill unbedingt wissen. Von Jack kam keine Regung.

Zeit verging ...

Jack pflegte seinen Kräutergarten und Bill kümmerte sich um das Haus. Immer wieder sah Bill, wie Jack wild mit der Sichel um sich schlug. Dann ging er aber auch wieder ganz behutsam mit der Sichel um, zumindest dann, wenn Jack Kräuter abschnitt.

Eines Nachts bemerkte Bill, wie Jack noch einmal das Haus verließ. Er lief zum Gartenhaus und holte seine Sichel. Dann lief er über das eigene Grundstück, um zum Nachbarhaus zu gelangen. Bill zog sich schnell seine Schuhe an und lief Jack im Pyjama nach. Am Nachbarhaus angekommen, bemerkte Bill gleich das zerbrochene Glas an der Hintertür. Auf dem Boden lag regungslos der Nachbar Henry Jonas. Jack holte weit aus mit der Sichel. Bill warf sich ihm entgegen und hielt seinen Arm mit aller Kraft fest. Dabei verletzte sich Bill am Arm. Die Sichel ritzte eine 15 Zentimeter lange Wunde ein. Beide fielen zu Boden. „Was, was mache ich hier?", rief Jack seinem Bruder zu. „Kannst Du Dich etwa an nichts erinnern?", stellte Bill eine Gegenfrage. „Nein Bill, wirklich nicht", antwortete Jack. Beide beseitigten alle Spuren. Henry Jonas

Verletzung am Kopf wurde versorgt. „Hat Dich Henry gesehen?" „Nein, er kam in den Raum, nachdem er das Glas brechen hörte. Danach schlug ich ihn nieder. Ab jetzt weiß ich von nichts mehr."

Bill schickte Jack zurück zum Haus. Er wartete, bis Henry aufwachte. „Was ist los? Ich habe ja vielleicht einen dicken Schädel." „Henry, da hat Dich wohl ein Einbrecher besucht. Erinnerst Du Dich an etwas?" „Nein, an nichts. Morgen fahre ich zum Sheriff. Danke für deine Rettung und Hilfe. Wie geht es Deinem Bruder?" „Ach, der war noch unterwegs."

Jetzt stand für Bill fest, sein Bruder war für die Morde verantwortlich. Für Bill war Jack sehr krank. Seine tiefe Wunde heilte eigenartigerweise von ganz allein.

Die Brüder passten nun sehr aufeinander auf. Und doch kam der Tag, als etwas Furchtbares passierte. Bill hörte Jack wie in Trance sagen: „Ja, Du rufst mich. Ich gehorche. Was darf ich für Dich tun?" Bill schreckte auf und wollte seinen Bruder zurückhalten. Er stürzte über den Teppich, schlug mit dem Kopf auf den Tisch und blieb bewusstlos liegen. In Trance nahm Jack die Sichel, zog seinen schwarzen Trenchcoat über und stieg in seinen Ford. Er fuhr in Richtung Gardner. Auf dem East Broadway begann der Horror. Vor dem ersten Restaurant parkte er den Ford direkt vor der Tür und ging gezielt in den Gastraum. Die Sichel hielt er unter dem Trenchcoat in Brusthöhe verdeckt.

„Guten Abend, der Herr. Darf ich Sie zu einem freien Tisch begleiten?", fragte der Kellner. Wortlos machte Jack eine Handbewegung, der Kellner solle vorangehen.

In der Mitte des Gastraumes zückte Jack blitzschnell die Sichel und schlug mit der Sichel auf den Kellner ein. Sein Kopf fiel zu Boden. Das Blut spritzte aus dem Rumpf. Langsam fiel er auf die Knie, dann auf den Brustkorb. Während des Fallens trennte Jack beide Arme ab. Der Körper blutete aus. Die Gäste hielten das Geschehene erst für eine gruselige Show. Und schon ging es weiter. Die Sichel trennte Arme und Köpfe von den Gästen. Ihre Körper kippten blutend auf die Tische. Suppenteller füllten sich mit ihrem Blut. Arme lagen auf dem Boden. Blut war nun überall. 12 Menschen verloren ihr Leben. An einer sauberen Tischdecke putzte Jack das Blut von der Sichel und brachte sie auf Hochglanz.

In zwei weiteren Restaurants auf dem West Broadway schlug Jack mit der Sichel noch zu. Weitere 9 Menschen fanden den Tod. Immer wieder das gleiche Ritual. Nach dem Horror polierte Jack die Sichel immer auf Hochglanz.

Ruhig und gelassen stieg er wieder in seinen Ford und fuhr in Richtung Gardner City über die Main Street. Vor dem City-Restaurant parkte er wieder direkt vor der Tür. „Hallo Sir! Hier können Sie nicht parken!", rief ein Angestellter. So wollte es Jack eigentlich nicht. Das Morden sollte erst im Gastraum stattfinden. Doch Jack zog die Sichel unter dem Mantel hervor, holte weit aus und schlug zu. Der Kopf des Angestellten flog 10 Meter weit. ... Der Rumpf fiel langsam ins Gebüsch.

Menschen auf der anderen Straßenseite sahen den Vorfall und benachrichtigten schnell den Sheriff.

In der Zwischenzeit betrat Jack den Gastraum. 17 Gäste und zwei Kellner verloren ihr Leben. Blut spritzte aus den Wunden. Arme und Köpfe lagen im gesamten Raum. Die Teppiche sogen sich mit Blut voll. „Hier ist der Sheriff! Hände hoch! Ergeben Sie sich!", schrie der Sheriff. Zwei Deputies kamen noch zu Hilfe. Jack holte aus ... der Sheriff schoss ... die Sichel schleuderte durch den Raum ... die Deputies schossen ihre Waffen leer ... alles war wie in Zeitlupe ... die Sichel fand ihren Weg und flog direkt auf den Sheriff zu. Er kippte durch die Wucht nach hinten. Blut floss aus seiner Brust.

Jack brach tot zusammen. 18 Kugeln trafen ihn. Die Deputies schauten auf den blutenden Sheriff. Er öffnete die Augen und erhob sich langsam. Sein Sheriff-Stern rettete das Leben des Sheriffs.
Der Horror war vorbei! ... oder?

Bill blieb nicht in Westminster wohnen.
Die Sichel und eine Blutprobe des Sichel-Mörders

wurden nun im New York City Police Museum untergebracht. Beides ist mit der höchsten Sicherheitsstufe versehen. Das Blut des Mörders war schwarz und besaß bei der Untersuchung keinen Sauerstoff.

Jedoch, da war noch etwas… Bill wurde ja von der Sichel verletzt. Er war ihr ebenfalls verfallen. Mithilfe von Ganoven, die er mit dem Geld des Hausverkaufes entlohnte, stahl er die Sichel aus dem Police-Museum und flüchtete nach London, wo er bis an sein Lebensende untertauchte.

Fast vier Jahrzehnte später … der Horror geht weiter!

Das Blut des Mörders, zusammen mit der Horror-Sichel, wurde zuletzt in New York City, im Police-Museum, ausgestellt.

Wir befinden uns nun im Jahr 2024, dass dieses spezielle Museum streng bewacht wird, kann man sich ja denken. Täglich belagern viele Neugierige die Vitrinen im Kriminal-Museum. Nichts gerät hier außer Kontrolle. Bis jetzt.

New York, 4.1.2024:

Das Blut klebte noch an der Sichel. Trotzdem strahlte sie in vollem Glanz, als wenn sie eine Seele hätte. Die Vitrine war versiegelt und mit dickem Panzerglas versehen. Niemand hätte sie unbemerkt entwenden können.

Carmen Miller kam mit ihren zwei erwachsenen Söhnen. Die jungen Männer studierten Kriminologie und wollten sich auf diese Weise einen kleinen Einblick in diese Welt verschaffen. Carmen stand vor dem Glaskasten und bewunderte die Schönheit der Sense, die trotz ihres hohen Alters noch einen makellosen Goldüberzug besaß. Dass sie mit dunklem, getrocknetem Blut verschmiert war, sah Carmen nicht direkt. Je länger sie dieses Objekt betrachtete, umso mehr verspürte sie den unwiderstehlichen Drang zu töten. Sie schüttelte sich. Nein, das durfte und konnte nicht sein. Diese Gedanken wollte sie schnell wieder loswerden.

Carmen war eine biedere Hausfrau, die alles für ihre Söhne tun würde. Als sie damals von ihrem Mann verlassen wurde, waren die Söhne noch klein und sie erzog sie ganz alleine. Alles tat sie, damit es ihnen gut ging. Es wurde schon dunkel als sie mit ihren Söhnen das Museum verließ.

Jeden Abend um die gleiche Zeit fand ein Kontrollgang durch das Museum statt. Jack Braun blieb plötzlich vor der leeren Vitrine stehen. Er traute seinen Augen nicht. Die blutige Sichel war aus dem gesicherten Glaskasten verschwunden, ohne eine Spur des Einbruchs zu hinterlassen. Es wurde unheimlich still, keiner der Beamten wagte sich etwas zu sagen. Obwohl Jack Braun ein stattlicher, kräftiger Mann war, lief ihm die Angst eiskalt den Rücken herunter. Seinem Kollegen Joseph Miller ging es nicht anders.

Die Männer machten Meldung, und innerhalb von Minuten war die Polizei vor Ort. Es wurde vermutet, dass hier nur eine unsichtbare, dämonische Kraft so etwas bewerkstelligen konnte. ...

Zeit verging ... Carmen Miller schaute in den Spiegel ihrer Kommode. Nein, sie war nicht sie selbst. Sie merkte, dass mit ihr eine Veränderung stattfand. Die einst so mädchenhaften, zarten Gesichtszüge waren verschwunden. Sie fürchtete sich vor ihrem eigenen Spiegelbild. Je länger Carmen sich betrachtete, umso bösartiger wurde ihr Blick.

Es war nicht nur das Gesicht, welches sich verändert hatte. Die ganze Gestalt der einst hübschen Frau sah einfach zum Fürchten aus. Sie trug ein langes, schwarzes Gewand und ihren gesamten Kopf verbarg sie unter einem langen, schwarzen Schleier. Die Horror-Sichel hatte es wieder geschafft, sich einen Handlanger auszusuchen.

Ein paar Tage später schlich sich Carmen zum Hintereingang des New York City Theaters. Mittlerweile wurde das Theater wieder geöffnet, obwohl das Corona Virus immer noch nicht besiegt

war und ist und vielleicht auch nicht wird. Es war schon recht spät, die letzte Vorstellung lief. Es herrschte andächtige Stille. Der Dämon, der von Carmen Besitz ergriffen hatte, setzte sich in die obere Reihe des Theaters. Carmen zog die schwere, goldene Sichel hervor und schlug blitzschnell den Menschen, die eine Reihe vor ihr saßen, die Köpfe ab. Die besessene Frau ergötzte sich an dem Blut, welches unaufhaltsam auf den dicken Teppich des Theaters floss. Sie leckte daran, bevor sie ihren Körper damit einrieb. Carmen verschwand ungesehen in der Dunkelheit der Nacht. Niemand ihrer sonst so neugierigen Nachbarn bemerkte, dass sie die Tür ihres Hauses aufschloss und lautlos dahinter verschwand. Sie fiel vollkommen erschöpft auf ihr Bett und irgendwann in der Nacht verließ der Dämon ihren Körper. Sie wachte in Blut gebadet auf.
Alles klebte und stank nach geronnenem Blut. Carmen musste sich übergeben. Es kam ihr vor wie ein grausiger Alptraum. Nur, wo kam dieses Blut in ihrem Bett her? Hatte sie sich etwa verletzt? So krampfhaft sie auch versuchte sich zu erinnern, es gelang ihr nicht.

Um 23 Uhr, sobald die Dunkelheit sich über die Stadt gelegt hatte, wurde es ruhig und man sah nur wenige Menschen. Schlecht beleuchtete Nebenstraßen waren gewiss auch daran schuld, sowie das Virus. Gerade in dieser Gegend mied man es bei Dunkelheit hier zu sein. Carmens Gestalt war komplett in Schwarz gehüllt und verdeckte ihren Körper ganz. Ein Paar und eine junge Frau gingen angeheitert auf die Haustür eines Mietshauses zu. Gerade als sie aufschließen wollten, geschah es. Mit grunzenden und kreischenden Geräuschen sprang Carmen hervor. Der Speichel lief ihr aus den Mundwinkeln. Die zierliche Frau hob die schwere Sichel und schlug mit einem geraden Schnitt den drei Menschen die Köpfe ab. Als wenn das nicht schon genug wäre, trennte sie den Leuten noch Beine und Arme ab. Blut floss über den Asphalt. Die Körper bluteten völlig aus. Carmen bückte sich und griff mit den Fingern Blut. Sie leckte ihre Finger, es war absurd. Immer noch waren die Nebenstraßen wie ausgestorben und niemand bemerkte etwas. Carmen kniete sich jetzt. Jetzt trank sie das Blut und rieb sich hinterher noch ihren Körper damit ein. Der Blutrausch schien kein Ende zu nehmen. Die Sichel war wieder verschwunden und eine zierliche Frau, in der Farbe Schwarz gekleidet, lief davon. Carmen betrat ihr Haus. Auch dieses Mal bemerkte sie niemand. Sie legte sich ins Bett, ohne sich vorher zu waschen und schlief bis zum anderen Tag durch.

Als die Leichen am folgenden Morgen gefunden wurden, lag ein entscheidendes Beweisstück daneben. Es war ein Mundschutz mit Speichel. Besser noch, auch ein Medaillon wurde gefunden. Carmen trug immer dieses Medaillon um ihren Hals, in dem alle wichtigen Daten zu ihrer Person eingetragen waren. Die Söhne wollten es so, falls ihr einmal etwas zustoßen würde. Es war jetzt sehr hilfreich für die Polizei. Die Polizisten klingelten, Carmen öffnete blutverschmiert die Tür. Die Sichel war wieder in ihrer Hand. Mit einem sauberen Schnitt fiel der Kopf des klingelnden Polizisten auf den Boden. Sein Finger blieb noch für Sekunden auf dem Klingelknopf, und das, ohne Kopf. Carmen hatte vollkommen die Gesichtszüge eines Menschen verloren. Sie besaß eine grausame Horrorfratze und Blut lief an ihren Mundwinkeln herunter. Die einst so unschuldige biedere Frau und Mutter wurde vollkommen vom Geist der Mördersichel erfasst und tat nur noch das, was die Sichel wollte. Der zweite Beamte war geschockt. Carmen holte wieder aus. Der Beamte hob seinen linken Arm zur Verteidigung. Der Unterarm wurde abgetrennt. Er merkte es nicht einmal, er verspürte keinen Schmerz. Mit der rechten Hand griff er nach seiner Pistole Glock 19. Noch während Carmen wieder ausholte, schoss der Polizist das volle Magazin vollkommen leer. … … … Carmen starb im Kugelhagel.

Das Aufräumkommando brachte die Sichel des Todes wieder in das New York City Police Museum. Sie wurde nicht mehr ausgestellt. Im Keller wurde sie eingelagert. Der Schlüssel wurde dem FBI übergeben. Das FBI untersuchte die Sichel akribisch.

Die Vermutung, dass die Sichel in der Eisenzeit von Hand geschmiedet wurde, konnte nicht bestätigt werden. Das Material war wesentlich älter und völlig anders aufgebaut. Eine Untersuchung mit dem Rasterelektronenmikroskop ergab eine grausige Entdeckung. Der FBI-Untersuchungsbeamte Jim Collins sah eine undurchdringliche Oberfläche. Er montierte den roten Holzgriff ab. Dieser wurde irgendwann einmal erneuert. Collins legte die Sichel wieder unter das Rasterelektronenmikroskop. Zur Sicherheit wurde der Raum mit Kameras überwacht. Was den Sicherheitsbeamten dann auf den Monitoren gezeigt wurde, war ein unheimlicher Anblick. Collins berührte den freigelegten Schaft der Sichel. Nun nahm Collins die Sichel in die Hand, jetzt verband sich die Sichel mit der Menschenhand direkt. Wieder übernahm das Böse der Sichel die Oberhand des Menschen. Wild schlug er um sich. Mit voller Wucht schlug sich Collins nun den linken Unterarm ab. Blut spritzte aus seinem Armstummel.

Immer wieder schlug Collins jetzt auf seine Beine ein. Die Sicherheitsbeamten stürmten den Untersuchungsraum. Collins warf die Sichel auf einen Beamten. Wie in Zeitlupe flog die Sichel dem Beamten entgegen und spaltete seinen Kopf. Er brach tot zusammen. Der andere Beamte schoss Collins in den Kopf und ins Herz. Collins war sofort tot.

Das Rasterelektronenmikroskop zeigte, dass nach der Abnahme des Holzgriffs der Schaft Öffnungen besaß, aus denen lebende, wohl außerirdische Zellen austraten. Diese wanderten durch den Holzgriff in die Menschen, die die Sichel benutzten. Collins wurde direkt, ohne Holzgriff, kontaminiert.

Die Sichel ist heute im militärischen Sperrgebiet AREA 51. Den Code und den Schlüssel zum Stahl-Tresor, der in vielen Kilometern Tiefe liegt, wurde dem aktuellen Präsidenten der Vereinigten Staaten von Amerika, Joe Biden, übergeben.

Ende … … … oder?

Hoka Hey

Der Truck, vollbeladen mit Benzin, raste direkt auf die Tankstelle zu. Der Highway war abschüssig. Hinter der Tankstelle ging es bergauf. Ob die Bremsen versagten, der Fahrer einen Fehler machte, es ist nicht bekannt. Das über 20 Meter lange Gefährt schleuderte und drehte sich. Der Wüstensand wirbelte auf. Niemand ahnte etwas in der Tankstelle. Jennys sechsten Geburtstag wollte man feiern. Dann krachte es. Der Truck schob die Zapfsäulen wie Spielzeug zur Seite. Benzinfontänen schossen durch die Luft. Zur Seite gekippt lag das Ungetüm vor der kompletten Tankstelle. Die 32 Grad im Schatten, die Benzindämpfe, das auslaufende Benzin, alles das ließ nichts Gutes für die 12 eingeschlossenen Menschen erwarten. Gut, dass ein Kurzschluss in der Außenbeleuchtung, mit der Aufschrift "Hoka Hey Driver", den Strom abgestellt hatte. Sonst wäre es schon zur Explosion gekommen. Die Tankstelle ist schon seit Generationen im Besitz der Familie Hatah. Es ist ein indianischer Name. Hoka Hey hieß der Großvater oder der Urgroßvater. Das Aufschreien der Kinder, der Schock der Erwachsenen, legte sich langsam. Leider gab es nur nach vorne Fenster und Türen. Das lag daran, dass zur Rückseite die Sandstürme den Sand immer auftürmten. Nun lag der Truck vor Fenster und Türen.

Die Kinder mussten sich flach auf den Boden legen, um nicht so viel Dämpfe einzuatmen. Alle Erwachsenen gruben ein Loch, um auf die andere Seite fliehen zu können. Fliehen vor einer riesigen und tödlichen Explosion. Es war nur eine Frage der Zeit. Sie gruben unaufhörlich und in der Tankstelle, türmte sich ein Sandberg. Eine feste Platte stoppte ihr Bestreben, in die Freiheit zu gelangen. Sie klopften die Platte ab. Kein Holz, kein Metall, kein Stein. Etwas Leichtes und dumpfes. War es die Rettung oder mussten sie aufgeben? Da war ein eigenartiger Riegel, nicht zum Ziehen, nicht zum Drehen. Er bewegte sich nach innen. Langsam, etwas knirschend vom Sand, öffnete sich die Tür. Es war eine Luke. Frischer Sauerstoff kam ihnen entgegen. Jennys Vater, stieg zuerst ein, dann die Kinder und jetzt alle anderen Erwachsenen. Das Kleid von Jennys Mutter blieb an einem inneren Hebel hängen. Die Luke schloss sich wieder. Es war hell in dem Raum. Woher kommt das Licht? Weitere Türen öffneten sich. Technische Geräte vermischten sich mit indianischen Werkzeugen. Ein durchsichtiger Sarg war zu sehen. Es lag ein Mensch darin, ein Indianer. Was sollten sie nur tun? Diese Knöpfe, diese Beschriftungen, dieses Licht. Alle haben so etwas noch nie gesehen, wohl aus Science- Fiction-Filmen. Sollte es etwa ein Ufo sein? In diesem Augenblick gab es eine riesige Explosion. Der Truck explodierte. Selbst wenn sie frei und schnell gewesen wären, wie hätten sie es schaffen können? Nach dem Feuer wachten alle unbeschadet in der Wüste auf. Sie konnten sich an nichts mehr erinnern. Ein weiterer Mann war bei ihnen. War es ein Durchreisender? Oder der Truckfahrer?

Niemand wusste es. Auf seiner Halskette waren in indianischer Schrift die Symbole: „Hoka Hey", übersetzt: „Pass' auf"

Terror

Die Weltmächte waren sich mal wieder nicht einig. Soll es mehr Atomkraft geben oder weniger? Soll es mehr Raketen geben oder weniger? Wie groß muss eine Streitkraft sein? Wer hat Anspruch auf die Seltenen Erden? Wo verlaufen die Grenzen? Man könnte dies noch unendlich weiter aufzählen, unendlich diskutieren, streiten und Muskeln spielen lassen. Im Jahr 2067 gab es nicht etwa den so lange erhofften Weltfrieden, im Gegenteil, alles wurde dramatischer. Die Kluft zwischen Arm und Reich wurde immer größer. Geld für die Erforschung des Weltraums gab es schon lange nicht mehr. Geld für Hungersnöte schon gar nicht. Demonstrationen gegen den Welthunger, gegen Waffen, gegen das Töten der Wale, alles das gab es. Es brachte aber nichts. Eine, dem Namen nach, fröhliche Gruppe, formierte sich, TITU genannt. Sie warben erst Mitglieder, sie wollten Gerechtigkeit auf der Erde. 2069 gab es in jedem Land diese Gruppe, kamen sogar als Partei in den Bundestag, zogen in den Kongress der Vereinigten Staaten ein, sie waren überall vertreten. Milliarden an Geldern sammelten. Dann begann die Gruppe oder Partei oder was auch immer, Waffen zu kaufen. Wieder warben sie damit, dass es dem Weltfrieden diene. Das Töten von Elefanten und anderen Tieren sollte unterbunden werden. Nur, wozu brauchten sie

Raketen? Wozu heuerten sie Wissenschaftler an?
Waren sie etwa schon im Besitz von Uran? Viele
Menschen wurden plötzlich nachdenklich. Wer steckt
eigentlich hinter TITU? Was bedeutet TITU? Die
Weltmächte waren so sehr mit dem Machtgehabe auf
der Erde beschäftigt, dass sie wie Fliegen umherflogen
und nichts mehr unternehmen konnten, als es am 1.
Januar 2071 zum Super-GAU kam. Die TITU waren
überall auf der Welt aktiv. Sie legten das Internet
lahm. Sie sabotierten die Stromversorgungen.
Bomben explodierten in unzähligen Städten auf dieser
Welt. Die Anführer der Weltmächte wurden
gekidnappt. Die TITU forderte die totale Kapitulation.
Die TITU wollten die Erde überall gleichmachen. Keine
Grenzen, keine Macht den Ländern, kein Reichtum, ja,
sie wollten auch alle Weltkulturerbestätte dem Boden
gleichmachen. Nichts sollte an vergangene Kulturen,
Länder und Mächte erinnern, einfach nichts. Ab heute
sollte die Zeitrechnung der TITU gelten. Jetzt kamen
auch die Anführer zu Wort. In allen Sprachen, in alle
Länder gesendet, sprachen sie: „Wir sind TITU, die
Weltherrschaft TERROR IN THE UNIVERSE! Es wird ab
jetzt nur noch uns geben. Wer sich widersetzt, wird
bestraft. Wer Gegenwehr leistet, wird sofort getötet.
Wir sind überall." Gehirnwäsche war das Zauberwort.
Damit machten sie alle gefügig. TITU begann mit der
Vernichtung der Pyramiden. Raketen wurden mit
Atomsprengkörpern bestückt und zur Abschussrampe
transportiert. Man weiß nicht, wie viele Menschen

bereits ihr Leben verloren haben. Man weiß nicht, ob der Nachbar ein TITU-Anhänger ist. Man weiß nichts. Die Rakete war startklar. Weitere wurden von vielen versteckten Basen auf der Erde mit Atomsprengköpfen bestückt.

Die Ziele wurden rund um die Welt strategisch ausgewählt. Unter anderem auf die Maya-Kultur, auf Griechenland, auf buddhistische Tempel und weitere Denkmäler. Der Countdown begann, drei zwei, eins und ... und da waren sie da, plötzlich, und wie aus dem Nichts! Riesige Raumschiffe bezogen rund um die Erde Stellung. Ein Netz in der Stratosphäre wurde gespannt. Es bestand aus Laserstrahlen, die abgelenkt werden konnten. Wo auch immer auf der Erde eine Rakete startete, der Laserstrahl erwischte sie und löschte sie aus. Die Laserstrahlen zogen ihr Netz immer feiner.

TITU-Anhänger wollten gerade auf eine demonstrierende Menschenmenge mit ihren Maschinengewehren feuern, der Laserstrahl löschte sie aus. Der Himmel wurde zuerst dunkel, denn die Raumschiffe verdeckten die Sonne. Dann wurde der Himmel rot, durch das immer feinere Netz der Laserstrahlen. Dann folgte die Botschaft: „Denkt positiv, habt reine Gedanken, schaltet Logik und Gefühl ein. All das negative Denken wird nun vernichtet." Die gesamte Erde erleuchtete nun in strahlendem Rot. Alle TITU-Anhänger, alle Waffen und Raketen, waren in Sekundenschnelle verschwunden. Alle Staatsoberhäupter wurden befreit und schwören nun einen Weltfrieden. Ehe alle richtig realisieren konnten was passiert war, waren die Raumschiffe wieder verschwunden. Es war im Januar 2071, bei einigen war es Sommer, bei anderen herrschte Winter, der blaue Himmel strahlte aber an diesem Tag überall wieder.

Ausverkauf

Es lagen nun schon seit längerer Zeit viele Ersatzteile in Connys USED BODY PARTS. Ganz langsam gingen Conny Conelly die Gelder aus, um seine Angestellten bezahlen zu können. Auch der Strom für das Geschäftslokal und natürlich für das Labor, mussten bereitgestellt werden. Nun ja, es lässt sich sehr gut in diesem Zweig verdienen, aber nicht unbedingt in einem Vorort von Los Angeles. Besser gesagt in einem Vor-Vorort. Dann die ständig zu erneuernden Lizenzen, von wem stammt das Bein, die Hand oder der Arm, all dies muss Conny den Beamten der BCO, also des Body Control Office, beweisen können. Conny übernahm das Geschäft von seinem Vater vor drei Jahren. Jack Conelly hatte 2088 sein erstes Geschäft in Los Angeles eröffnet. Die Unkosten dort waren immens, aber Jacks Arbeit und Ehrlichkeit waren weit bekannt, jeder bezahlte gern für eine neue Hand 15.000 Dollar. Auch Jacks Service hatte einen guten Ruf, Einstellarbeiten oder Anschlussarbeiten wurden perfekt ausgeführt. Jacks Sohn hingegen war immer schon für den schnellen Dollar. Oft versuchte Conny seinem Vater ein Körperteil einer nicht freigegeben Leiche unterzujubeln. Auch Menschen, die in Geldnot waren, kaufte Conny für weit weniger ihre Gliedmaßen ab, als sie offiziell dafür bekommen hätten. Nun gut, man kann es versuchen, aber Ehrlichkeit kommt doch ans Ziel. … … …

In der heutigen Zeit sind die staatlichen Auflagen noch höher, das wäre für Jack bestimmt kein Problem, aber er starb vor zwei Jahren an einem Gehirntumor. Das Kuriose daran ist, alle anderen Ersatzteile hätte Jack auf Lager gehabt, nur bei Gehirnen verweigert das BCO seine Genehmigung. Vielleicht gelingt es in 100 Jahren, ein komplettes Bewusstsein zu transformieren, wobei natürlich alle Reste des ursprünglichen Inhabers komplett gelöscht werden müssten. Und das ist auch das große Problem des BCO, kann ein Gehirn eines verstorbenen Mörders mit dem neuen Muster eines Lehrers aus Habsucht töten? Kann die Hand eines Mörders, angeschlossen an den Körper eines Pastors jemanden erdrosseln? Das alles ist nicht geklärt, Labore arbeiten daran, wo der eigene Geist wirkt und handelt. Bis dahin sind alle Ersatzteile scharf zu kontrollieren. Es soll nicht herablassend von Ersatzteilen gesprochen werden, aber seit dem letzten Atomkrieg, der Vernichtung der Ozonschicht und dem Schönheitswahn der 2050er Jahre, sind das Denken und der Kopf wichtiger geworden. Trotzdem gibt es immer noch die andere Seite, Diebstahl und Morde sind längst nicht ausgerottet. Und es ist so wie immer, der eine kann sich ein neues Auge kaufen, der andere aus Geldnot eben nicht oder er muss seins verkaufen. Übrigens ist die Technik des Anschlusses perfekt gelöst. Bei einem Unfall oder einer Amputation wegen Krebs, werden Anschlussbuchsen am Körper verbaut. Diese Anschlüsse sind international genormt, wenigstens darin waren sich alle Staaten einig. Ein Arm eines Chinesen konnte also bei Übereinstimmung aller wichtigen Daten, wie etwa der Blutgruppe, bei einem Deutschen eingesetzt werden. Krebs ist sowieso das Wort des Jahrtausends geworden, hätte es bloß nicht die Atomkriege gegeben. In diesem Monat benötigte Conny wieder einiges an Geldern. Seinen Laden betraten zwei Zwischenhändler, bei ihnen hatte Conny mehr als 25.000 Dollar Schulden. „Du verkaufst in Zukunft unsere Waren aus zweiter Hand!", sagte einer. Es ist dabei wohl etwas makaber, von zweiter Hand zu sprechen, aber unkontrollierte Ware ..., wir kennen ja nun das Problem. Im Gegenzug kam Conny langsam von seinen Schulden runter. Die Ware wurde geliefert. 25 rechte Männerbeine, 11 Frauenbeine, 44 Hände und noch weiteres. Die Ersatzteile kamen in die Kühlkammer. Die 16 künstlich hergestellten Ersatzteile legte Conny ins Regal. Die künstlichen Gliedmaßen waren für ärmere Kunden, sie waren lange nicht so fein in der Koordinierung der Bewegungen. Auch wurden sie verwendet, wenn die Blutgruppen nicht übereinstimmten. Ein Kunde aus LA betrat den Laden und fragte nach Jack Conelly. Vor der Jahrhundertwende stellte Jack ihm die Hände perfekt ein, ebenso die Augenschärfe. „Mein Vater ist leider verstorben, wie kann ich Ihnen helfen?", fragte Conny.

„Ah, verstehe, das tut mir Leid, aber wie der Vater so der Sohn. Ich habe Krebs im rechten Arm, den brauche ich neu. Lässt sich meine Hand noch verwenden?", so der Kunde. „Das ist nur ein geringer Kostenunterschied. Hier habe ich einen für Sie, passender Arm mit Hand, die Daten stimmen überein!", sagte Conny und witterte ein Geschäft. „Da sie meinen Vater kannten, lasse ich Ihnen 30 % nach!" „Okay, das ist ein Wort! In vier Tagen bin ich wieder bei Ihnen. Im Krankenhaus lasse ich mir dann heute noch den Anschluss legen!" Nach vier Tagen kam der Kunde wieder zu Conny. „Die Wunde ist aber noch sehr frisch", meinte Conny. „Kein Problem, morgen habe ich einen Auftritt in der Menson-Halle, ich bin Country-Sänger. Die Gitarre werde ich nicht spielen können, das macht dann mein Sohn", so der Käufer. Das Geschäft wurde abgewickelt, ohne Kontrolle, ohne Rechnung und ohne Namen.

In der Zeitung las Conny Tags später über das Country-Konzert. Es war glanzvoll und ausverkauft. Man sprach aber auch von drei toten Konzertbesuchern. Aber Conny interessierte dies wenig. In den nächsten Tagen und Wochen kamen immer wieder Kunden, die verätzte Arme und Hände hatten. Bis auf die Knochen wirkte diese Säure, alles musste amputiert werden.

Conny war glücklich, das Geschäft lief gut, die unkontrollierte Ware machte sich bezahlt. Eines Tages stand der Country-Sänger wieder vor Conny. „Hallo, stimmt etwas nicht, soll ich eine Einstellung vornehmen, damit das Gitarrenspielern besser klappt?", flachste Conny. „Im Gegenteil, alles Bestens. Meine Freunde hast Du auch gut versorgt, wir sind wieder vollständig. Hier ist Deine Bezahlung!"
Der Countrysänger nahm den Revolver und erschoss Conny.

In den nächsten Wochen waren immer wieder Horrormeldungen zu hören. „Wieder 36 Leichen entdeckt! Die ehemalige Gruppe des Massenmörders Big Dan Welley schlachtet Kleinstadt ab! Mit seinen 8 Gefolgsleuten mordet er im ganzen Staat! Mittlerweile sind es 177 Tote! Die Polizei hat noch keine Täterbeschreibung! Obwohl die Gruppe vor 12 Monaten durch den elektrischen Stuhl getötet wurde, leben sie durch ihre Arme weiter! Der Besitzer, der diese Arme verkaufte und die Mörder identifizieren könnte, wurde eliminiert!" Das Gesetz wurde weiter verschärft. Heute dürfen nur Krankenhäuser, die dem Body Control Office unterstehen, solche Verkäufe durchführen. Die Täter sind immer noch nicht gefasst. Es sind mittlerweile über 500 Tote!

Das Auge

Woran denken Sie, wenn Sie sich im Badezimmer die Hände waschen? Nach der Rasur die Barthaare wegspülen? Den Zahnbecher mit Wasser füllen? Nichts? Oder: Komme ich zu spät zur Arbeit? Auf keinen Fall, dass Sie beobachtet werden, schließlich lässt sich die Badezimmertür absperren! Nun, genau dies dachte sich wohl auch Angela McCorby, oder auch nicht! Was ist geschehen? Durch einen Defekt, keiner weiß, wie es passieren konnte, ist Abwasser in die Frischwasserzufuhr des Hauses an der Lincoln Street 55 eingedrungen. Lediglich stellte man bislang fest, dass Abwasser der naheliegenden Industrie-Unternehmen in den Garten der McCorby's gelang. Wie jeden Morgen war Angela die letzte im Haus. Noch schnell die Küche aufgeräumt, die drei Kids hinterließen wieder eine Großbaustelle, nun noch das Badezimmer gereinigt, danach ging es ab ins Büro. Der Ablauf fand auch wie immer so statt. Nur, was glitzerte dort im Siphon des Waschbeckens im Badezimmer? Hat ihre Tochter Diana etwa einen Ohrring verloren? Angela schaute sich das glitzernde Etwas genauer an. Immer näher und näher schaute sie in das Waschbecken. Plötzlich sprang ihr etwas ins Auge, es war wohl ein Wassertropfen. Alles schien okay... nun ab ins Büro. Tage später bemerkte Angela, dass sich ihr Augenlicht auf dem rechten Auge verschlechterte. Auch eine Verfärbung und Verdickung stellte sie fest. Zunächst bekämpfte Angela das Übel mit Augentropfen. In der Nacht hatte Angela schlimme Albträume, ihr Ehemann Stan weckte sie oft. Morgens konnte sich Angela an alle Vorkommnisse im Traum erinnern. Eigenartiger Weise sah sie immer Leichen vor ihrem sogenannten dritten Auge. Auch am Tag, und in der Nacht sogar Gesichter.

„Da reicht nun nicht mehr ein Augenarzt", flachste Stan. „Da musst Du wohl zum ...!" „Sprich nicht weiter", stoppte ihn Angela. Mit den Tagen veränderte sich Angela. Sie trug nun eine dunkle Sonnenbrille, sie verhielt sich auch sehr zurückgezogen. Nun reichte sie auch noch unbezahlten Urlaub ein. Die Hausarbeit erledigte Angela nur noch mit Widerwillen. Als ihr auch noch mehr Haare ausfielen, quartierte sie sich im Gästezimmer ein. Die Tage vergingen. Die Kinder wurden vom Vater versorgt, Angela kam nicht mehr aus dem Zimmer, sie schloss sich ein. Die Familie sorgte sich sehr, auch Dr. Miller, Hausarzt der Familie, wurde nicht von Angela empfangen. Eines Nachts machte sich Stan daran, mit einem Draht den Schlüssel der Tür auf den Fußboden fallen zu lassen. Vorher schob er ein Blatt der Tageszeitung unter die Tür durch. Es klappte, der Schlüssel fiel auf das Blatt, langsam zog Stan nun das Blatt mit dem Schlüssel zu sich. Vorsichtig und leise öffnete er die Tür. Nun schlich er zum Gästebett, Angela schlief fest, sie stöhnte. Sie trug eine Augenklappe, ihr Gesicht war geschwollen. Vor dem Bett lagen ihre wunderschönen Haare, alle waren ausgefallen. Stan erschrak, er nahm die Augenklappe von Angelas Kopf ab und schaltete die Nachttischlampe ein. Eine Todesangst hatte Stan, als er die verschrumpelte Gesichtshälfte mit den Narben und Pocken sah. Angela schlief weiter, stöhnte dabei, aber ein Auge schaute Stan an, es war ein grauenhafter Anblick, das war kein Auge, es war ein ganzer Organismus mit Augen und Mund. „Bezahlen werdet Ihr alle dafür, bezahlen", quietschte es aus dem verunstalteten Mund. Stan rannte aus dem Haus und übergab sich. Sofort rief er den Sheriff. Das FBI schaltete sich ein. Die ganze Familie und das ganze Anwesen wurden unter Quarantäne gestellt. Ja, nun sind sechs Monate vergangen. Angelas schönes Gesicht konnte nicht gerettet werden, die plastische Chirurgie tat aber ihr bestes. Aber sie lebt und die Familie wohnt nun in Canada.

Sie fragen nach der Ursache des ganzen? Eine der Firmen arbeitete mit hochgradigen Säuren. Sicherheitsvorschriften wurden nicht eingehalten. Arbeiter, die in Säurebecken fielen, wurden im Erdreich entsorgt. Arbeiter, die sich verätzten, wurden umgebracht. Auf dem Betriebsgelände wurden 186 Leichen gefunden, 34 Jahre gab es diesen Betrieb, wer weiß, was noch alles ans Tageslicht kommen würde.

Der Besitzer stürzte sich am Tag der Durchsuchung in eines der riesigen Säurebecken.

Das Unheil kam aus dem Labor

Ich war ein junges Mädchen und lebte mit meinen
Eltern in einem Vorort von New York. Brooklyn war
meine Heimat. Ich fühlte mich wohl dort, hatte meine
Freunde und ging hier zur Schule. Dieser Stadtteil ist
nicht gerade der Ort, auf den man besonders stolz
sein könnte. Arbeitslosigkeit und Kriminalität
dominierten das Straßenbild. Nachdem ich mein
Studium in Boston begann, blieb kaum noch Zeit, mich
um meine Eltern zu kümmern. Sie wollten unbedingt
in Brooklyn alt werden und waren nicht zu bewegen,
in eine andere Stadt zu ziehen. Während der
Semesterferien besuchte ich meine Eltern Jeff und
Mary Watson oft. Mein Name ist Linda. Geheiratet
habe ich nie und heute denke ich, es war wohl besser
so. Ich habe immer schon die Turbulenzen in meinem
Leben geliebt und glaube, dass dies wohl niemand mit
mir geteilt hätte. Meine Doktorarbeit schrieb ich mit
links. In einem wissenschaftlichen Institut für
Meeresbiologie war ich kurz darauf angestellt und
konnte frei entscheiden, was zu tun war. Mit der
Untersuchung von seltenen Meeresgeschöpfen
begann meine Arbeit. Weder ich, noch meine
Kollegen, konnten damals ahnen, was uns noch
erwartete. Die Arbeit machte mir große Freude,

jedoch habe ich mir geschworen, nie mehr einen Fisch zu untersuchen. Zu groß wäre die Angst, wieder böse überrascht zu werden. Nun ja, an diesem Morgen dachte noch niemand an etwas Negatives. Ein Fisch musste in alle Einzelteile zerlegt werden. In einer speziellen Lösung mussten grundlegende Zusammensetzungen der Haut und der Eiweißstoffe erforscht werden. Das Blut wurde untersucht und alles wurde gründlich analysiert. Dieses Tier war unbekannt. Es kam aus einer unglaublichen Tiefe im Ozean, die zuvor noch nie mit einem U-Boot erreicht werden konnte. Erst zu diesem Zeitpunkt war es möglich, solch eine Tiefe mit einem speziellen Gefährt zu erreichen. Das Maul des Fisches hatte eigenartige Zahnreihen, die an ein menschliches Gebiss erinnerten. Seine Augen ähnelten einem alten Mann, der sehr müde war. Wenn ich nicht genau gewusst hätte, dass dieser Fisch tot war, hätte ich denken können, dass er mich jeden Moment anspringt. Nach einigen Untersuchungen stellte sich heraus, dass das Blut des Tieres ähnlich zusammengesetzt war wie das unsere. Doch einige Stoffe waren sehr ungewöhnlich. Um dies zu untersuchen, brauchte ich Zeit. Diese Zeit hatte ich leider nicht. Plötzlich rollte dieses Tier mit den Augen hin und her, als wenn es uns beobachten würde. Das tat er auch. Der Fisch bewegte das Maul, als wenn er reden wollte. Er fing wie wild zu zappeln an. Das Rollen der Augen und die Bewegungen des Maules deuteten darauf hin, dass er uns etwas mitteilen wollte. Es war wie in einem Horrorfilm. Wir bekamen es alle mit der Angst zu tun und standen da wie angewurzelt. Die Stimme versagte uns. Schnell wollten wir diesen Spuk beenden. Doch ehe wir noch an etwas anderes denken konnten, platzte dieser Fisch komplett auf. Alle Eingeweide fielen heraus, aber auch ein Ei, das einem Hühnerei ähnelte. Der Horror nahm kein Ende, im Gegenteil. Das Telefon klingelte und meine Mutter Mary rief fast ungehalten vor Aufregung in den Hörer: „Linda, Linda! Vater hat ..." Sie sprach nicht weiter. „Bitte rede weiter", sagte ich zu ihr. „Was ist mit Dad?" Sie sprach weiter: „Er brachte heute einen Fisch vom Angeln mit nach Hause." Sie redete wieder nicht weiter. „Ma, was ist los?" „Dieser Fisch sah ungewöhnlich aus, ja gruselig. Er hatte menschliche Züge." „Und weiter, Ma?" „Ja, das war nicht das Schlimmste. plötzlich zappelte er wie wild herum, obwohl er tot war. Und sein Körper platzte auf. Ein Ei, so groß wie ein Hühnerei rollte heraus. Mich schüttelt es", sagte meine Mutter. Ich sagte ihr, dass sie nichts anrühren sollte. „Lasst alles so liegen, bis ich euch jemanden vom Tierschutz geschickt habe", sagte ich ihr eindringlich. „Und schließ den Raum gut ab, in dem dieses Untier liegt." „Ich will es so machen, Linda, ich habe furchtbare Angst." „Wir auch", sagte ich mit einer beruhigenden Stimme, zu der ich mich zwingen musste. „Hier im Institut ist der Horror ausgebrochen", sagte ich ihr. „Linda wir haben panische Angst", sagte meine

Mutter. Ich versuchte sie zu beruhigen und empfahl ihr, das Zimmer abzuschließen, in dem sich der Fisch und das Ei befanden. Vorsichtig legte ich mit meinen Kollegen das makaber anmutende Ei in den Brutschrank. Der Fisch, obwohl er aufgeschnitten war, lebte immer noch. Aus seinem menschenähnlichen Maul kamen komische Laute. Er sagte: „Mein Auftrag ist erledigt. Niedergang der Menschheit." Sämtlichen Angestellten des Institutes stockte der Atem. Wir konnten und wollten nicht wahrhaben, was wir da hörten. Was war hier los? War es Realität oder Traum? Bei meinen Eltern in Brooklyn sah es schlecht aus. Plötzlich brach ein Stück der Schale aus dem Ei. Auch im Brutkasten des Instituts tat sich etwas Furchterregendes. Statt einer Feder oder einem Schnabel, wie man vermutet hätte, kam ein winziger Finger zum Vorschein. Keiner wagte sich zu bewegen und das Entsetzen konnte man in den Augen der Leute beobachten. Abermals wiederholte der Fisch das, was er vorher gesagt hatte. Schweigend schauten sich alle an. Das Ei im Brutkasten platzte wieder ein Stück auf. Und wir sahen den Teil einer menschlichen Schulter. Die Haut war gelb und verschrumpelt. Zotteliges Haar bedeckte die Haut. „Wir müssen etwas unternehmen!", rief Jack sofort. Er war meine rechte Hand im Institut. Wieder brach ein Stück Schale heraus. Ein ausgewachsener Mensch, wenn man das überhaupt so sagen konnte, kletterte heraus. Der Horror nahm kein Ende. Erneut rief meine Mutter an. Das Wesen, das aus diesem Ei kletterte verwandelte sich innerhalb von Minuten in ein Monster von über zwei Metern. Es schrie wild: „Ich werde euch auslöschen. Ihr seid schon immer für unseren Planeten Romega eine Bedrohung gewesen. Jetzt reicht es. Der Fisch war unser einziges Transportmittel, da wir aus den Tiefen der Ozeane kommen. Unsere Galaxie ist einzigartig. Nur durch die Meere können wir hier her kommen. Da Romega unendlich weit von der Erde entfernt ist, haben selbst wir noch keine andere Möglichkeit gefunden zu euch zu kommen. Euren Müll schießt ihr ins All und alles landet auf Romega. Wir ersticken daran. Wir hatten eine wunderbare Vegetation, die sich nun nicht mehr entfalten kann. Unsere Atmosphäre war rein. Die Luft konnte man atmen. Jetzt hängt ein ewiger Schleier über unserem Planeten. Was seid ihr nur für ein elendes Volk. Voller Gleichgültigkeit und Herrschsucht. Dachtet ihr denn, dass ihr auf Dauer so weiter machen könnt? Jetzt bin ich hier und werde diesen Planeten in Augenschein nehmen. Wir wollen hier leben, da es auf Romega nicht mehr möglich ist. Nur eines stört gewaltig und das seid ihr, Menschenvolk. Ihr habt uns Schlimmes angetan und dafür müsst ihr bezahlen." Meine Mutter hatte den Hörer danebengelegt, sodass ich alles mit anhören konnte. Mir wurde schlecht. Meine Sinne schwanden und mir fiel es verdammt schwer mich zu konzentrieren. Wir mussten nun schnell handeln bevor es zu spät war. Denn: Wie viele Eier sind schon auf diese Weise hier her gekommen? Wir konnten es nur ahnen. Auch im Institut spitzte sich die Situation dramatisch zu. Das Ei sprang weiter auf. Eine ekelige Gestalt kletterte heraus, die sich auch hier in Windeseile in ein zwei Meter großes Monstrum verwandelte. Jack konnte noch ungesehen in den Nebenraum verschwinden, um Hilfe zu rufen. Er rief den Präsidenten an, der anfänglich nicht glauben konnte, was er da hörte. Aber er veranlasste alles. „Bitte versucht in der Zeit diese Kreatur hinzuhalten", sagte der Präsident. „Wir werden so schnell wie möglich da sein. Das Militäraufgebot ist schließlich riesig und nicht in Kürze zusammen zu ordern." Jack ging zurück ins Labor und gab uns ein Zeichen, sodass wir wussten, dass Hilfe kam. Da der Hörer in Brooklyn immer noch neben dem Apparat lag, konnte ich hören, was dort passierte. Meine Eltern schrien laut und verzweifelt und ich konnte nichts machen. Auch dort war Hilfe im Anmarsch. Meine Mutter weinte und rief immer den Namen meines Vaters. „Bitte lass uns zu Frieden!", rief sie. „Wir können doch nichts dazu." Doch diese grausame Kreatur schleuderte meinen Vater vor die Wand, sodass er sofort tot war. „Jeff, Jeff!", rief sie. Er gab keine Antwort mehr. Ein Grummeln und Grunzen war zu hören und ich betete, dass er meine Mutter leben lassen würde. Im Labor baute sich das Monster vor den Mitarbeitern auf und sagte: „Nun ist es endlich soweit. Ich werde meinen

Auftrag erfüllen und schauen, ob wir hier wohnen können. Alle Bewohner aus Romega sind auf dem gleichen Weg unterwegs. Ihr werdet ausgerottet werden, denn dafür habt ihr uns zu viel angetan. Da wir alle diese Größe haben, könnt Ihr nicht viel gegen uns ausrichten." Es grunzte und der Sabber lief ihm aus dem Maul. „Ha, ha", sagte es. „Das wird Euch nichts nutzen." Es nahm zwei meiner Kollegen, schleuderte sie herum und schlug sie vor die Wand, sodass sie sofort tot waren. Blut tropfte an den Wänden herunter. „Linda, Linda!", hörte ich laut durch den Hörer. Plötzlich ein Aufschrei. Auch meiner Mutter konnte nicht mehr geholfen werden. Leider war in diesem Moment an Trauer nicht zu denken, denn ich musste aus der schlimmen Situation herauskommen. Nur wie? Ich sprach das Untier an: „Ich will Dir einen Vorschlag machen, bitte hör mir nur einen Augenblick zu." Mir zitterte die Stimme, doch es durfte nicht merken wie schlecht es mir ging. „Wir wollen alles wieder gutmachen, was wir euch angetan haben. Wir werden Euren Planeten wieder bewohnbar machen", sagte ich mit zitternder Stimme. „Aber wie wollt Ihr uns erreichen?", fragte das Wesen. „Die NASA hat geheime Informationen darüber, wie man auch sehr weit entfernte Planeten erreichen kann. Lichtgeschwindigkeit ist schon kein Thema mehr. Informationen wird der Präsident mitbringen." „Ich werde mir anhören was er zu sagen hat", sagte das Wesen. Einige Minuten später wurde das Institut umstellt und die Tür zum Labor aufgerissen. Soldaten mit schweren Maschinenpistolen feuerten von allen Seiten auf das Ungeheuer. Es fiel nicht um, sondern löste sich in Nichts auf. „War das alles nur ein Traum?", fragte ich. „Nein", antwortete Bob, ein Kollege, der gerade seinen Dr. in Biologie gemacht hatte. „Leider haben wir die Realität erlebt. Nur wissen wir nicht, wie viele von diesen scheußlichen Gestalten schon unter uns sind." Überall in den Staaten wurde der Notstand ausgerufen, die Menschen sollten bei dem kleinsten Verdacht den Präsidenten und das Militär benachrichtigen. Meine Eltern hatte ich verloren, das konnte ich nicht mehr rückgängig machen. Aber ich hatte eines verstanden. Wir Menschen müssten endlich begreifen, dass wir nicht einzigartig sind, dass wir mit dem, was wir haben, nicht sorglos umgehen könnten. Und wer weiß, wie lange es noch dauern würde, bis wir selbst uns einen anderen Planeten suchen müssten, damit die wir weiter existieren könnten. Halten wir den Weltraum sauber und lernen wir endlich Zurückhaltung und Demut für das, was uns geschenkt wurde.

Der Opfergang

Die Inspektoren Bob Nelson und Nick Brando hatten im Stadtteil Manhattan ein kleines Büro. Dieses Büro suchten nur ganz bestimmte Leute mit besonderen Problemen auf. An der Tür stand „Police" und darunter in kleiner Schrift „Geisterjäger". Kleine Schrift wurde aus dem Grundgenutzt, dass es nicht jeder auf Anhieb lesen sollte, denn sie schämten sich für ihre fast unglaubhafte Arbeit. Aber in den letzten Jahren waren zu viele mysteriöse Dinge geschehen, die auch einen erfahrenen Geisterjäger schockierten. Immer wieder wurden sie gerufen. Nur Bob Nelson und Nick Brando hatten sich jedes Mal bereiterklärt zu helfen. Im Laufe der Zeit spezialisierten sie sich auf dem Gebiet der Geisterjagd. Nichts entging ihrer Aufmerksamkeit. Aber fast immer gewannen sie den Kampf gegen das Böse. An diesem Oktobermorgen, es war noch dunkel und nebelig, klopfte es heftig an der Bürotür. Beide erschraken und richteten den Blick zur Tür. Sie wussten, dass wieder Arbeit auf sie wartete.

„Herein!", rief Nelson. Ein junges Paar betrat den Raum. Kreidebleich im Gesicht, fingen sie fast gleichzeitig an zu reden: „Drüben am Waldrand, haben wir uns ein Haus gekauft. Wir wollten dort wohnen, bis wir alt werden. Außerdem ist meine Frau schwanger", sagte der Mann. Das Haus wäre groß genug für eine Familie. „Am ersten Abend, nachdem wir eingezogen waren, spielte sich nichts Ungewöhnliches ab. Aber am nächsten Tag ging es los. Der Horror begann. Seit einigen Wochen ist dieses Haus unser Zuhause, dachten wir jedenfalls. Ruhe fanden wir bisher nicht. Unsere ganzen Ersparnisse sind für den Kauf des Hauses draufgegangen. Wo sollten wir sonst hin?" „Sachte, immer sachte", sagte Bob Nelson in seiner lässigen Art. „Jetzt beruhigen sie sich doch etwas und erzählen sie uns in aller Ruhe, was geschehen ist." Anne Baker sprach: „Ich ging eines Morgens in die Küche, wollte mir einen Kaffee machen. Mein Mann fuhr sehr früh ins Büro. Ich war allein im Haus. Ich weiß nicht, ob ich überhaupt was sagen soll. Sie werden mir bestimmt nicht glauben. Auch das, was mein Mann ihnen sagen will, klingt irgendwie unglaubhaft." Nick Brando antwortete: „Aber Miss Baker, dafür sind wir doch da, um gerade solche Fälle zu klären." Nun sprach sie weiter: „Es stand, wie aus dem Nichts, eine Frau im Nonnengewand vor mir. Sie glotzte mich mit weit aufgerissenen Augen an und krächzte hysterisch und bösartig: Wir wollen dein Kind, wir werden es uns holen, wenn es soweit ist. Dann war sie plötzlich wieder verschwunden. Am Abend erzählte ich es meinem Mann, doch so recht glaubte er mir nicht und schob es auf meine Schwangerschaft. Nein, nein antwortete ich ihm, mein Verstand hat mir keinen Streich gespielt. Ich habe sie wirklich gesehen.

Roger nahm mich in den Arm und riet mir, darüber zu schlafen. Aller ein paar Tage tauchte von da an diese wahnsinnige Nonne auf. Nicht nur in der Küche überraschte sie mich, sondern überall dort, wo ich mich gerade aufhielt. Mittlerweile glaubt Roger mir." „Das klingt alles sehr unglaubwürdig, ist aber nichts Neues für uns. Solche Fälle hatten wir hier in den letzten Wochen mehr als genug", meinte Nick Brando.

„Nun ja", fuhr Roger fort, „ich ging in den Keller. Da ständig die Sicherungen herausflogen, wollte ich nachsehen, was da los ist. Da standen sie im Kreis. Sechs Nonnen. Es war ein Zeichen auf dem Boden gemalt, aber ich konnte es nicht erkennen. Es war zu dunkel. Monotone Sprechchöre waren zu hören, so etwas wie eine Beschwörung. Schwarze Kerzen leuchteten an den Wänden des Kellergewölbes. Auf einmal ging eine der Nonnen weg. Sie verschwand einfach durch das dicke Mauerwerk. Wenig später kam sie mit einem Säugling auf dem Arm wieder. Wenn ich es nicht mit eigenen Augen gesehen hätte, könnte auch ich es nicht glauben." Die Angst stand ihm ins Gesicht geschrieben. „Reden Sie weiter, Mister Baker", sagte Bob Nelson locker wie immer. Roger stotterte hektisch: „Sie legte das Kind in die Mitte des Kreises und sprach eine Beschwörungsformel. Als das Kind schrie, wurde es sofort umgebracht. Das ganze Spektakel dauerte eine halbe Stunde. Anschließend löste sich alles vor meinen Augen in Luft auf. Meine Selbstbeherrschung hatte ich nicht mehr im Griff, als ich nach oben ging. Der Strom schaltete sich wieder ein, ohne dass ich eine neue Sicherung brauchte." „Mein Gott", sagten beide Inspektoren fast gleichzeitig, „das ist ja mehr als grauenhaft." Anne Baker weinte. „Ich habe Angst um das Baby, was sollen wir nur tun?" „Miss Baker, genau dafür sind wir da, bitte machen Sie sich keine Sorgen", sagte Bob. „Geister müssen, um sie unschädlich zu machen, ignoriert werden. Einfach nicht beachten, wenn es wieder geschieht. Gehen Sie nun erst mal nach Hause. Warten Sie ab, wir werden uns in den nächsten Tagen bei Ihnen melden, sobald wir etwas herausgefunden haben." Roger und Anne Baker gingen Hand in Hand zu ihrem Auto, setzten sich in den alten Ford und fuhren weg. Wieder ereignete sich Tage später etwas Grausames im Hause der Bakers. Sie wollten gerade ins Haus gehen und mussten feststellen, dass die Haustür offenstand. Bluttropfen waren zu sehen. Sie befanden sich überall an den Wänden und auf den Teppichen. Sogar die Möbel waren beschmiert. Anne schrie laut und konnte sich nicht beruhigen. Roger versuchte seiner Frau klarzumachen, dass sie schwanger war und an das Kind denken sollte.

Er versuchte das Blut abzuwischen, doch es kam immer wieder durch. Eine große Schrift mit Blut geschrieben tauchte an der Wand auf. Es stand darauf: „Wir werden Dein Kind holen. Denke nicht, Du bleibst verschont." Dann plötzlich waren die Schrift und die Blutsflecken verschwunden. Anne und Roger liefen hinauf in ihr Schlafzimmer, schlossen sich ein und kauerten engumschlungen im Bett. Keiner von den beiden traute sich, etwas zu sagen. Die Tage vergingen ohne besondere Zwischenfälle. Inspektor Bob Nelson und Nick Brando forschten eifrig und fanden heraus, nachdem sie fast alle Ämter, Kloster, Stadthäuser und Archive abgegrast hatten, dass dort, wo sich das Haus der Brandos befand, vor einhundert Jahren ein Kloster stand. Die Nonnen die darin lebten, hielten schwarze Messen in den Kellergewölben ab. Als Geschenk für den Herrn, so nannten sie den Teufel, opferten sie neugeborene Kinder. Die Babys bekamen sie von misshandelten Frauen, die im Kloster Schutz suchten. Dabei gingen sie brutal vor. Sie entrissen ihnen regelrecht die Kinder. Die Nonnen warteten erst gar nicht den Geburtstermin ab, sondern schnitten den Müttern einfach den Bauch auf und holten das unschuldige Lebewesen heraus. Meistens starben die Frauen und wurden dann in den Wänden eingemauert. Keiner fragte nach ihnen, sie wurden nie vermisst. Nun waren die beiden Inspektoren gefragt. Durch die Erfahrung, die sie im Laufe der Zeit machten, wussten sie genau, wie sie sich in solchen Situationen verhalten mussten. Nelson und Brando fuhren los, bepackt mit Utensilien, die der Geisterbekämpfung dienten. Am Haus der Bakers

115

angekommen, fanden sie zwei Menschen vor, die kaum noch ein klares Wort sprechen konnten. Sie zitterten am ganzen Leib und erzählten, was in den letzten Tagen passiert war. Die Geisterjäger, so nannten sich die beiden Männer, gingen an die Arbeit. Nick sagte noch: „Bitte packen Sie das Nötigste ein, Sie werden vorläufig in ein Hotel gehen. Sie bleiben so lange dort, bis wir Sie rufen." Für Nick und Bob begann jetzt der schwierige Teil. Sie warteten die Dunkelheit ab. Etwas mulmig war ihnen schon, zumal sie in Erfahrung gebracht hatten, welche grausamen Dinge an diesem Ort einst geschahen. Nick stellte eine Infrarotkamera auf und schaltete sie ein. Bob montierte noch gerade ein Geräuschaufnahmegerät, das auch die feinsten und leisesten Töne aufzeichnete. Plötzlich hörten sie mystische Gesänge. Sie gingen in den Keller. Sprechchöre und Beschwörungsformeln drangen an ihre Ohren. Sie trauten ihren Augen nicht. Das, was sie sahen, ließ sie vor Schreck erstarren. Eine Teufelsanbetung mit sechs Nonnen die sich im Kreis aufgestellt hatten. In der Mitte des Kreises weinte ein Baby. Die Nonne ging hin und schrie: „Hör auf zu jammern Du armselige Kreatur." Sie klebte dem Säugling den Mund zu, bis es sich nicht mehr bewegte. Die Gesänge wurden immer eindringlicher. „Wir müssen handeln Bob", flüsterte Nick. Noch ehe der Gedanke zu Ende gedacht war, tauchte über den Nonnen, oberhalb des Deckengewölbes, ein riesiger Kopf auf. Grausam verzerrt die Fratze, feuerrote Augen und Blut rann ihm aus dem Maul. „Der Teufel persönlich", sagte Bob. „Ich werde mindestens ein Jahr lang Albträume haben. Wir brauchen Feuer. Alles muss verbrannt werden." Nick fand einen Kanister mit Benzin in der anderen Ecke des Kellers. Sie schütteten alles auf den Boden. Damit es heftig brennen konnte, trugen sie Pappe und Papier zusammen. Es brannte lichterloh, die Flammen schlugen gnadenlos zu und fraßen sich durch das ganze Haus. Dann vernahmen sie noch eine Stimme, die hysterisch schrie: „Freut Euch nicht zu früh, wir kommen wieder!"

Nick und Bob mussten, von der Straße aus, mit ansehen, wie das Haus niederbrannte. „Es ist wohl besser so", meinte Nick. Roger und Anne bekamen ein Ersatzhaus. Dafür sorgten die Bewohner des Stadtteils. Sie spendeten und gaben dem jungen Paar alles, was sie erübrigen konnten. Alle hielten fest zusammen, denn jeder konnte der nächste in diesem Gruselkabinett sein. Das neue Haus stand am anderen Ende des Stadtteils. Es war zwar etwas baufällig, aber alle packten mit an, um es wieder herzurichten. Mit Kleiderspenden und gebrauchten Möbeln wurden sie versorgt. Lange würden sie brauchen, um darüber hinwegzukommen. Aber sie lebten, und nur das war wichtig. Ob es nun im Stadtteil Manhattan in Zukunft ruhiger werden würde, wusste man nicht so genau.

Jedoch Nick und Bob hielten sich stets bereit, um jederzeit den Kampf mit dem Bösen aufzunehmen.

Hier wirst du nicht alt

Lange waren die Delgados auf der Suche nach einem Haus am Rande der Stadt New York. Robert Delgado war Alleinverdiener. Seine Frau Liv konnte mit dem Einkommen gut umgehen, den Kindern Robert jr. und Donna fehlte es auch an nichts. Nun, das Ersparte reichte zwar nicht für die Innenstadt, aber etwas Außerhalb war für alle okay. Robert Delgado arbeitete am Flughafen in New York. Das neue Zuhause sollte nicht allzu weit entfernt liegen, Robert war ein Familienvater durch und durch. Außerdem waren die Winter manchmal sehr hart, einige Male musste Robert schon in einem Hotel übernachten, wenn der Schneesturm tobte. Heute fuhren sie von New York in den Norden, Richtung Boston. „Hier, Dad, ein Haus mit einem riesigen Spielplatz in der Nähe!", rief Donna und kurbelte die Scheibe des alten Fords herunter, um den Menschen zuzuwinken. Robert sah den Verkaufspreis und lenkte die Kinder mit den Worten ab, dass er doch lieber ein Grundstück mit Bäumen hätte, damit die Kinder im Sommer dort übernachten könnten. „Gute Idee, Dad!", rief Robert jr. und Liv kniff lächelnd ein Auge zu. In der nächsten Stadt sah Donna eine Schule und sehr gute Einkaufsmöglichkeiten, schließlich hatten sie nur dieses eine Fahrzeug. Tatsächlich lag am Rande der kleinen Stadt ein etwas verstecktes Haus. „Der Preis ist gut, auch der lange Vorgarten, damit die Kinder nicht zu schnell an der Straße sind", sagte Robert zu Donna, „lass es uns anschauen." Das Preisschild sah ordentlich mitgenommen aus, nun, nicht nur das Preisschild, aber die Delgados setzten auf ihre Eigeninitiative. Handwerklich waren sie ein eingespieltes Team, obwohl die Kinder das ständige Suchen nach Hammer und Nägeln nervte. Die Hausbesichtigung schrie auch förmlich nach vielen Nägeln. Aber soweit schien alles okay zu sein. In der Nachbarstadt besuchten sie noch gleich den Makler, auch ein Motel war schnell gefunden. „Ich habe ein gutes Gefühl, vielleicht lässt sich noch etwas verhandeln", meinte Robert. John Smith hieß der Makler. „John Smith!", sagte Liv, „Fast wie in einem schlechten Gruselfilm, John Smith heißen sie alle!" Aber es stellte sich heraus, dass John Smith den Delgados sehr entgegen kam, den Kindern sogar Spielzeug für den Garten schenkte. Auch ein uralter Plüschbär war dabei. „Den nehme ich", sagte Mutter Liv, „der kommt zu meiner Bärensammlung!" Sie kamen sich näher, ein paar Verhandlungen hier, eine Lieferung Dachpappe kostenlos dort. Mr. Smith versprach, dass in drei Tagen der Strom angeschlossen würde. „Na, Kinder, das ist nun unser neues Zuhause", sagte ihr Dad.

Zurück zum Haus rief Robert gleich in der Flughafenzentrale an, um seinen Resturlaub zu nehmen. „Kein Kontakt! Dass es so etwas in der heutigen Zeit noch gibt", brummelte er. Im Kaufhaus kauften sie alles Nötige für die Übernachtungen im neuen Haus, auch das Handy funktionierte hier. Im Haus wurden gleich die Zimmer eingeteilt, riesige weiße Laken lagen auf den Möbeln, zwar tüchtig eingestaubt, aber was hervorkam war eine Augenweide. „Allein die Möbel sind das Geld wert, sieht nach 1880 aus, da gab es noch Cowboys!", staunte Robert. „Au ja, komm' Schwester, wir spielen im Garten Cowboy und Indianer!", rief Robert jr. Der Abend begann mit einem Glas Wein aus Kalifornien, die Kinder schliefen schon. „Herrlich dieser Ausblick", sagte Liv und schmiegte sich in Roberts Arm. „Ja, und in zwei Tagen haben wir Strom, dann lebt das Haus", flüsterte Robert. An den beiden nächsten Tagen wurde ordentlich Hand angelegt. „Die Bank hat den Kauf abgewickelt", sagte Robert zu Liv. „Mr. Smith wird sich freuen, morgen fahre ich zu ihm!" Das Licht ging plötzlich an, Strom und Gas waren angeschlossen. Wie Robert schon sagte, das Haus lebte nun, aber etwas anders, als er es wohl dachte. Den Abend verbrachten die Eheleute wieder auf der Veranda. „Gibt es noch Wein, Darling?", fragte Robert. Liv stand auf und wollte in die Küche. Sie streckte die Hand zur Verandatür aus, als sie plötzlich mit einem lauten Knarren durch die Verandabretter auf den Sandboden fiel. Ein scharfer großer Holzsplitter durchbohrte ihren Oberschenkel.

Robert zückte blitzschnell das Handy, Liv schrie, die Kinder wurden wach … kein Kontakt! Robert trug seine Frau ins Auto, sie lag auf den Hintersitzen, die Kinder quetschten sich in den Kofferraum des alten Kombis. Nach zwei Stunden Fahrt, kamen sie am Krankenhaus an. Liv wurde sofort verarztet. „Es sieht nach einer Blutvergiftung aus", so die Diagnose von Dr. Kentrell. Liv war ohne Besinnung.

In guter Hoffnung fuhren Robert und die Kinder nach fünf Stunden wieder zurück. „Legt Euch schlafen", sagte der übermüdete Robert zu den Kindern, „morgen, in der Frühe, fahren wir wieder zur Mum." Im Schlafzimmer bemerkte Robert Blutflecken, dem Plüschbären fehlte ein Bein. Robert war aber zu aufgeregt und zugleich zu müde, um der Sache nachzugehen. Am nächsten Morgen wachte Robert früh auf, sah auf den Bären, dessen Augen auf dem Boden lagen. Robert schenkte dem wenig Beachtung. „Kinder, aufstehen, wir fahren zu Mum!", rief er und bereitete Frühstücksbrote. Plötzlich schrie Donna laut auf. „Meine Augen, Dad! Hilfe, ich sehe nichts mehr!" Robert stürzte ins Bad, Donna hatte blutrot geschwollene Augen. Das kochend heiße Wasser spritzte ihr ins Gesicht, direkt in die Augen. Sofort machten sich alle auf den Weg ins Krankenhaus. Leider war Liv immer noch ohne Bewusstsein. Donna wurde sofort behandelt. „Ich kann Ihnen nicht sagen, ob ich das Augenlicht Ihrer Tochter retten kann, Mr.

Delgado", sprach der behandelnde Arzt. Der Tag
verging, es gab keine positiven Ergebnisse.

Vater und Sohn kehrten zurück zum Haus. Beide
wollten sich nach diesen schlimmen Ereignissen etwas
ausruhen. „Es ist sehr heiß heute, Sohn, öffne bitte in
der oberen Etage alle Fenster, ich bringe uns etwas zu
Essen mit rauf", sagte Vater Robert. Im
Elternschlafzimmer öffnete Robert auch das Fenster.
Als er zum Plüschbären sah, bemerkte er, dass dieser
nun den Kopf verloren hatte. „Sohn!", schrie Robert,
„Komm schnell zu mir!" Robert hatte eine
Vermutung. „Ja, Dad, ich muss nur noch das Fenster
im Flur öffnen, hier ist es sehr heiß!" „Nein, komm
sofort", befahl der Vater. Robert jr. lief los. In diesem
Augenblick fiel die große Scheibe aus dem Rahmen
und verfehlte den Jungen nur um Zentimeter. Beide
fielen sich auf der Treppe in die Arme. „Ich glaube
zwar nicht an Spuk, aber etwas will uns der Plüschbär
wohl sagen", sagte Robert zum Sohn. Im
Schlafzimmer sahen beide, dass der Bär ganz schwarz
verkohlt war. Instinktiv griff Robert seinen Sohn und
verließ das Haus. Minuten später stand es in hellen
Flammen. Die Feuerwehr konnte nichts mehr retten.
Geschockt fuhren Vater und Sohn zu Makler Smith
„Warte bitte im Auto", sagte Robert zu seinem Sohn.
Als Robert Delgado das Haus des Maklers betrat, sah
er ihn leblos am Treppengeländer an einem
Stromkabel hängen. John Smith war seit zwei Tagen

tot. Auf einem Abschiedsbrief stand „Für Familie Delgado".

Mit zittrigen Händen las Robert:

Ich bitte um Verzeihung, auf dem Haus liegt ein Fluch. Ich dachte, mit Ihrem Einzug wäre alles vorbei, aber dem ist nicht so. Mein Vater quälte in diesem Haus mehrere Menschen. Er baute einen elektrischen Stuhl und ergötze sich an dem Geruch von verbranntem Menschenfleisch. Als er bereits auf dem Sterbebett lag, musste ich als Zwölfjähriger den Starkstromschalter einschalten. Er zwang mich dazu. Danach wurde alles stillgelegt im Haus, die Stromkabel gekappt. Aber das Haus hat wohl nichts vergessen, nach dem Neuanschluss vor ein paar Tagen. Ich bitte um Entschuldigung. Ihr William Palmer.

Roswell war gestern

Der Gehirnforscher Dr. Berthold Brüggner arbeitete nun bereits seit über fünfunddreißig Jahren an der Verwirklichung seiner These, dass alles, wirklich alles in unseren Gehirnen gespeichert ist. Was meinte er mit „alles"? Alles was vor und nach dem Urknall, dem Big Bang, passiert ist, woher wir kommen und wohin wir gehen, wer wir waren, wer wir sind und wer wir sein werden. Er entwickelte Maschinen, an die er seine Probanden anschloss. Er gab Vorlesungen. Er wurde extrem von seiner Regierung gefördert, denn diese Weltformel bedeutete Macht und Einfluss. Doch Dr. Brüggner wollte insgeheim auch allen Menschen diese Tür zu ihrem höheren ich zugänglich machen. Aber zunächst einmal war er froh, dass er so grenzenlos unterstützt wurde. Und so entstanden langsam ein offizieller und ein ganz geheimer Dr. Brüggner. Die Probanden hatten mit den Untersuchungen keine Probleme, denn ihnen wurde sozusagen nur ein Traum eingegeben, in dem sie in ihrem Leben immer weiter zeitlich zurückgingen, bis zur Geburt. Das reichte Dr. Brüggner natürlich bei weitem nicht, denn da waren ja noch die über 13 Milliarden Jahre bis zum Urknall. Und was war davor? Probanden fanden sich genug, jeder wollte dabei sein, wenn die Weltformel gefunden werden würde. Was wusste man bis dahin? Nun, dass Menschen etwa

knapp 90 Milliarden Nervenzellen, also Neuronen, haben. Diese sind mit etwa 100 Billionen Synapsen miteinander verbunden. Grob gesagt kommuniziert also 1 Neuron mit 1000 seiner Kollegen. Dr. Brüggner wollte nun die Informationen, die in diesen Nervenzellen vorhanden sind, herauskitzeln. Natürlich wollte keiner der Probanden ein Loch in seinem Kopf akzeptieren. Somit veröffentlichte Dr. Brüggner der Öffentlichkeit und den Geldgebern etwas mehr an Informationen. Niemand bemerkte, dass unter seinem Toupet Anschlüsse zu seinem Gehirn waren. Die bohrte er sich selbst. So konnte er die Neuronen in ihrer rosa Farbe erkennen und auf alle Funktionen und Verbindungen zugreifen. Er wusste also bei weitem mehr, als er zugab. Bei seinen weiteren Experimenten stellte er fest, dass die Neuronen immer wieder bestimmte Signale ausgesendet haben, die zwar von den Synapsen weitergeleitet wurden, aber andere Neuronen blockierten einfach diese Informationen. Dr. Brüggner taufte diese Schwingungssignale die „Brüggner-Signale".
Er ahnte, dass sie entweder zum Schutz des Gehirns dienten oder einfach nur abgestumpft waren. Schließlich nutzen wir nie die große Kapazität unserer Gehirne. Ein Computer arbeitete viel effizienter. Immer wieder schloss sich Dr. Brüggner an seinen Supercomputer an. Er saß dabei in seinem Behandlungsstuhl und konnte mit den Joysticks in seinem Gehirn arbeiten. Verschiedene Substanzen

träufelte er sich ein, sie sollten Nervenzellen täuschen, um so die Brüggner-Signale durchzulassen. Die Farbe der Neuronen veränderte sich dabei in ein kräftiges Rot. Auf dem Computerbildschirm konnte Dr. Brüggner sein eigenes Leben bis zur Geburt sehen und aufzeichnen. Je mehr er diese Flüssigkeit einträufelte, umso mehr sah der Doktor etwas auf dem Bildschirm, was er nicht verstand. Jetzt erarbeitete sein Freund und Computerspezialist eine neue Software. Die Regierung war schon sehr zufrieden und die Öffentlichkeit staunte, dass nun mittlerweile alle Probanden eine Dokumentation bis zu ihrer Geburt erhielten – und das auf DVD. Der Tag kam, an dem Dr. Brüggner mehr wagte. Er stimulierte die Nervenzellen mit elektrischem Strom, leitete Informationen in den Synapsen um und träufelte sich eine stärkere Dosis seiner Substanz ein. Dr. Brüggner war allein. Gespannt schaute er auf seinen Monitor. Der kleinere Monitor zeigte seine mittlerweile tiefroten Neuronen. Auf dem großen Monitor sah er sein Leben. Plötzlich wurden die von ihm entdeckten Brüggner-Signale zu anderen Neuronen durchgelassen. Seine Herzfrequenz stieg stark, der Blutdruck erhöhte sich drastisch, das Gehirn brauchte mehr Energie, wesentlich mehr Energie. Auf dem Bildschirm sah Brüggner seine Geburt, seine Entstehung, Freude hatten seine Eltern dabei. Er sah sich selbst als Energie, er sah das Universum kleiner werden, er sah, dass es zu einem Punkt zusammenschrumpfte, es lief alles zurück bis an den Anfang von allem. Jetzt gleich sehe ich, woher wir kommen, was vor dem Urknall war! Der Blutdruck stieg und stieg. Das Herz pumpte und pumpte. Die Neuronen wurden schwarz-rot. Es war kaum auszuhalten. Jetzt, jetzt gleich, das Universum ist nur noch stecknadelgroß ...

Dr. Brüggners Kopf und Körper zerplatzten. Überall war Blut. Überall waren Körperteile. Es hatte eben doch seine Richtigkeit, wenn einige Bereiche in unserem Gehirn nicht freigelegt wurden, wir verkraften diese Datenflut einfach nicht. Wir sollten im Hier und Jetzt leben und unser Dasein genießen, alles andere wird morgen kommen. Die Regierung hielt

die DVD unter Verschluss und schwieg. Na, das kennen wir ja schon von Roswell.

Agathes Code

Wer kennt sie nicht, die fantastischen Abenteuer des Monsieur LeGrant oder die Fälle von Kommissar Craik. Agathe X. war eine sehr erfolgreiche Autorin in Los Angeles. An ihrer Seite sah man stets ihren Sohn Luis. Ihr erstes Buch wurde bereits zum Bestseller. Luis bewunderte seine Mutter, wollte unbedingt die Geheimnisse des Geschichtenschreibens erlernen. „Fantasie und viel Ruhe brauchst Du, mein Sohn", sagte die erfolgreiche Mutter. Abend für Abend saßen sie bei einem Glas Wein beisammen, plauderten über dies und jenes, diskutierten, machten sich Stichpunkte. Schon war die Grundlage für eine neue Geschichte geboren. „Es sind die Dinge, die im Alltag passieren", sagte Agathe. Klug, wie die Mutter war, sorgte sie bei Luis für eine gute Ausbildung. Über den Beruf des Buchbinders bis zum Studium arbeitete sich Luis an die Spitze. Sein Bruder hingegen war ein Lebemann. Mutters Unterstützung verprasste er meist im Spielkasino. Leo war genauso talentiert wie sein Bruder, aber irgendwie verstand er das Leben nicht. Erfolg kam eben nicht von ungefähr. Luis richtete sein Arbeitszimmer neben Agathes Büro ein. Jetzt hatte er alles an Handwerkszeug beisammen, durch Mutters Gespräche am Abend sprudelten die Ideen. Agathe hatte wieder einen Bestseller. Luis schrieb das erste Buch unter Agathes Namen, Agathe war begeistert vom Inhalt und ließ es zu. Es wurde ein ordentlicher Erfolg, beide freuten sich. Natürlich schob Agathe einen neuen Fall von Kommissar Craik hinterher. Wie es in der Brache so war, zog der Name und so steigerte sich auch das Buch von Luis nochmals. Mit dem von Luis erworbenen Know-how, setzte er nun auch das Internet ein, man sprach über Luis, man kannte ihn jetzt. Dabei setzte er zwei Künstlernamen ein, Cora Brix und Henry Desmond. Erfolg über Erfolg war das Resultat. Schreiben, Weinabende mit Mutter, die beiden wurden ein Erfolgsduo. Und niemand kannte ihre Herkunft. Der erste oder zweite Platz war ihnen in den Bestsellerlisten sicher.

Luis erwarb von seinen Einkünften Grundstücke, Agathe sparte alles und legte das Geld und die Wertpapiere in ihren Tresor. Nun, es war ein Panzerschrank mit modernster Technik, mechanische und elektronische Zahlenkombinationsschlösser kamen zum Einsatz. Millionen lagen darin und warteten. Auf was eigentlich? Agathe war eine glückliche und zufriedene Frau. Luis war versorgt und Leo schlug sich so durchs Leben. Er würde ja sowieso genug erben. Luis dagegen war nicht auf die Erbschaft angewiesen. Die Zeit verging, der Erfolg der Bücher war immer noch grandios. Leo bohrte immer mehr nach Geld. Agathe versuchte ein letztes Mal, ihren Sohn auf die richtigen Schienen zu setzten. Aber es war zu spät, Leo ließ sich hochverschuldet mit der

Mafia ein. Leo versprach dem Geldeintreiber, dass er aus dem Geldschrank seiner Mutter bezahlen würde, nur seine Mutter müsste kurz zum Schweigen gebracht werden. Es passierte tatsächlich so, selbst Kommissar Craig könnte diesen Fall nicht lösen. Alles sah nach einem Unfall aus. Das Fahrzeug von Luis, mit Agathe auf dem Beifahrersitz, überschlug sich mehrmals, stürzte dann den Abhang hinunter. Agathe war sofort tot, Luis überlebte schwerverletzt. Das Haus stand nun wochenlang leer. Leo und zwei Panzerschrankknacker machten sich ans Werk. Die schwere Explosion nutzte gar nichts. Herumfliegende Splitter verletzten Leo schwer, die beiden anderen flohen. Als die Polizei eintraf, war Leo schon tot. Nach Luis Genesung richtete er das Büro neu ein. Agathes Erbe sollte zu 60 Prozent gespendet werden. Die 20 Prozent an Leo kamen noch dazu. Luis spendete einer Autoren-Gruppe seinen Anteil, zur Förderung, so wie es seine Mutter mit ihm gemacht hatte. Den Code kannte Luis übrigens auch nicht, Agathe sagte nur immer, denke an die Erfolge unserer Bücher!
Luis tippte ein:

1... 2... 1... 3... 1... 2... 1... 4... 2... 1...

Das Drama um Maria Gortales

Jack, ein Seemann, nein, so kann ich es nicht stehen lassen, es wäre eine maßlose Untertreibung, er ist Kapitän des Kreuzers FLIGH AWAY, hat sich mit seiner Frau ein wunderbares Anwesen in Ensenada gekauft. Beide stammen aus Dallas, es zog sie aber nun zum Pacific, nahe ans Wasser eben. Ihr Anwesen strahlt in herrlichem Weiß, die Mauern um das Anwesen herum sind in hellblauer Farbe gehalten. Constanze Miller, Jacks Ehefrau, besitzt das Computer-Unternehmen COMICOM. Gerade zu Zeiten des Internetbooms ist sie mit ihrem Team unwahrscheinlich erfolgreich gewesen. Heute hat sie einen festen Kundenstamm, Ferrari, Porsche, Rolex, für die Millers ein ganz gewöhnlicher Lebensstiel.

Vor zwei Monaten hat sich die neue Hausangestellte Maria Gortales vorgestellt, eine junge Frau mit gutem Ordnungssinn. Lediglich, dass sie Mr. Miller versucht schöne Augen zu machen, stört Mrs. Miller, aber, ach nein, daran ist gar nicht zu denken.

Eines Tages bemerkte Stan Colbey, dass eine negative Front gegen COMICOM aufgebaut wurde. Gab es unzufriedene Kunden oder handelte es sich um Konkurrenz? Der Leiter der Computerfirma übergab das Problem der Hausnahen Detektei. Für die Millers noch kein Grund der Besorgnis. „Konkurrenz eben", sagte Constanze in einem ärgerlichen Ton. Diverse Drohbriefe gab es ja auch schon einmal, erstaunlicher Weise auch in der heutigen Post. Mrs. Miller verabschiedete sich von ihrem Ehemann und fuhr in Richtung Dallas um Hauptsitz der Firma. In einer Konferenz wollte sie mit den Führungsspitzen, der Detektei und der Polizei den Fall erörtern.

Jack nahm sich eine etwas längere Auszeit, nun, er kann sich so etwas erlauben, ein Teil der Reederei ist im Familienbesitz. Er freute sich immer über Maria, sie war fröhlich, erzählte jeden Tag was so in der Stadt los war, mit ihrem niedlichen Sprachfehler klang sie sehr sexy. Aber Jack kannte natürlich die Grenzen, dafür liebte er seine Frau zu sehr, man kann sagen, abgöttisch. Heute Morgen erschien Maria Gortales in einem recht kurzen Röckchen, der Ausschnitt ließ auch tief blicken. Mr. Jack Miller korrigierte die junge Frau und verlangte einen anderen Kleidungsstiel. Er ging in der Zwischenzeit unter die Dusche. Maria aber änderte nicht ihren Kleidungsstiel, sie kam völlig ohne Kleidung in Jacks Bad. Jack blieb in seiner überlegenen Art völlig ruhig, viele Situationen musste der gutaussehende Seemann, Entschuldigung, Kapitän und Eigner, schon bewältigen.

Er zog seinen Morgenmantel an, legte den seiner Ehefrau Maria Gortales um und ging mit ihr aus dem Bad. „Maria", sagte Jack Miller, „Sie haben bei uns eine sehr gute Stellung, Sie sind fleißig, Sie sind ehrlich, wir geben Ihnen einen hohen Monatslohn, Ihre gesamte Familie ist dadurch versorgt, ich bitte Sie, machen Sie keinen Fehler!" „Aber ich liebe Dich", flehte Maria Gortales. „Maria", so sagte Jack weiter, „es wird eine Verliebtheit, vielleicht eine Art der Bewunderung sein, aber die Liebe zu meiner Frau Constanze ist über viele, viele Jahre gewachsen. Am Anfang sagt man schnell "ich liebe Dich", und dann wächst die Liebe täglich, sie nimmt immer mehr zu, immer mehr erkennt man immer mehr gleiche Interessen, Vorlieben, immer mehr Vertrauen wird aufgebaut, und dann, ja dann kommt der Tag an dem man die Liebe an einem einsamen Ort erleben will, alles andere ist völlig egal. So war es und ist es bei meiner Constanze und mir. Ich drücke Ihnen ganz fest die Daumen, dass auch Sie das erleben dürfen. Sie sind gerade 19 Jahre, alles kann passieren!"

„Aber ich muss Dich lieben", sagte Maria Gortales mit leiser Stimme.

Tage später kam Mrs. Miller zurück. Aufgeregt sagte sie zu ihrem Ehemann: „Was ist mit dem Ferrari passiert?"... „Ich habe nichts bemerkt", wunderte sich

Jack, „Maria ist auch schon zwei Tage nicht erschienen, seltsame Anrufe habe ich erhalten!"

„Jack, mein Darling", sagte Constanze leise, „wir werden erpresst, die Polizei kommt gleich, die Experten verfolgten die Internetangreifer, es ist das Haus in dem Maria Gortales wohnt, es werden wohl ihre Brüder sein, was sie wollen hat die Detektei noch nicht herausgefunden!"

Die Polizei erschien ebenfalls. Der Ferrari war mit Benzin übergossen. Der Zünder funktionierte aber nicht. Im Haus fanden die Beamten versteckte Kameras. Maria Gortales wurde zum Mitmachen gezwungen. Jetzt erst verstand Jack Miller den Satz „Aber ich MUSS Dich lieben".

Die Bande wurde verhaftet. Maria aber kam damit nicht zurecht, in ihrem Abschiedsbrief, den der Staatsanwalt neben ihrem Leichnam fand, stand:

Liebes Ehepaar Miller,

ich wollte das nicht, ich liebe Sie Beide wie meine Eltern. Sie sind wunderbar. Sie sind ein Traumpaar. Ich hätte Ihnen nie wehtun können. Ich wurde von meinen Brüdern gezwungen dazu. Ich bitte um Verzeihung.

Maria Gortales

Achtung Aufnahme!

Cliff Tendays war ein erfolgreicher Musikproduzent. Eigentlich war sein Name Piotr Berdenga, aber wer sollte sich diesen Namen in Chicago einprägen. Immer wieder war sein Musikstudio ausgebucht. Hank übernahm dann immer das Mischpult. Aus den Anfangszeiten ist nur noch das rote Hinweisschild mit der Aufschrift: **ACHTUNG AUFNAHME** übriggeblieben, sowie der dazugehörige Schalter, damit es hell aufleuchtete.

Cliff saß im Büro… im Nebenraum, wurde geprobt. Hören kann man nichts, alles ist gut isoliert. Die Eierkartons, die Cliff in den Anfängen einer Schallisolierung an die Wände klebte, sind längst ausgetauscht. In der Zeitung las Cliff, dass Dan Briks aus der Haft entlassen wurde. … Er erinnerte sich, es war dieses heruntergekommene Haus. Nun war es ja renoviert. Aber Erinnerungen bleiben eben. Cliff war damals auf Namensuche und nach einem Musikstil, der zu ihm passte. Viele Aufnahmen stellte er her. Cliff spielte alle Instrumente selbst. Mischte sie auf dem damals neuen Mischpult ab. Es war sein ganzer Stolz. Er brachte es aus Paris mit. Die dritte Etage mietete Cliff. Die zweite ein älteres gehörloses Ehepaar. In der ersten Etage wohnte der Vermieter. In der Etage über Cliff hatte er nie jemanden gesehen.

„Dance with Dean" sollte sein großer Hit werden. Viele Probeaufnahmen waren schon auf Band. Für das Plattencover engagierte Cliff einen jungen Studenten mit einem Traumbody. Das sollte anlocken. Heute endlich… die finale Aufnahme. Alles klappte perfekt. Aufnahme, Abwicklung, Kontrolle. Aber was war da für ein Geräusch? Cliff ärgerte sich. Alles schien perfekt. Aufnahme, Abmischung, Kontrolle. Was war da für ein Geräusch?

Nun gut, also noch einmal und wieder diese Geräusche. Als gelernter Tonmischer kontrollierte er jede einzelne Tonspur. Da war es. Leise, aber eben als Störgeräusch zu hören. Er verstärkte das Signal mehr und mehr. Jetzt war ein klägliches Jammern zu hören. „Helft mir, bitte!" Wie sollte dieses Geräusch durch die schallisolierten Wände dringen? Technisch unmöglich, so meint es Cliff. An Mystik oder andere Phänomene glaubt der Tontechniker nicht. Er blieb logisch denkend. Das Geräusch war sauber analysiert. Nun stellte Cliff seine Mikrophone im ganzen Raum auf. Er richtete sie auf alle Wände, den Boden und die Decke. Treffer. Von oben kamen die Hilferufe. Er rief die Polizei. Sie brachen die Tür der oberen Etage auf und fanden eine junge Frau. Sie wurde gefangen gehalten und misshandelt. Mit einer Gabel kratzte sie den Fußboden auf, legte den Teppich drüber, wenn ihr Peiniger zu ihr kam. Sie war am Fuß angekettet kam nicht bis zur Tür und nicht zum Fenster. Mit einem Stahldraht am Hals bekam sie zwar Luft, aber konnte nicht um Hilfe rufen. Heute war endlich der Tag, an dem sie den Holzfußboden durch hatte. Es war ein kleines Loch. Man hätte sie viel eher hören können, aber die Schalldämmung verhinderte es. Dan Bricks, wurde verhaftet. Cliff hatte mit dem Musikstück Erfolg. Zehn Tage war es in Amerika auf Platz 1.

Die junge Frau, die wir hier nicht nennen wollen, besucht Cliff immer noch einmal im Jahr.

Der gestohlene Mord

Auch an diesem Morgen begann Ella Smith wie üblich mit einer neuen Geschichte für ihr zweites Buch. Bislang schrieb sie Liebesromane unter ihrem eigenen Namen. Aber sie wollte einmal eine andere Richtung einschlagen. Ellas Schreibtisch steht in einem völlig zugestopften Raum. Sämtliche Mitbringsel der letzten Jahre hob sie immer auf. Von den vielen Lesungen, rund um die Welt, brachte sie Erinnerungsstücke mit. Jedes erinnert an einen Liebesroman. Sie schaute sich die lieben Dinge an, und denkt darüber nach, wie viele Paare sich in ihren Romanen schon kennengelernt haben. Die Geschichten hatten immer ein gutes Ende. Sie bekam ihn und umgekehrt. Auf der ganzen Welt spielen sich diese Liebeleien ab. Ob die neue Reihe auch so erfolgreich wird? Gedanken machte sich Ella Smith schon darüber, welche Erinnerungen später bleiben würden. Sie lachte über sich selbst und dachte: „Mord, bleibt Mord und Hauptsache der Täter wird dingfest gemacht." Vom Schreibtisch aus, sieht sie auf den herrlichen See. Die Sonne blinzelt durch die Tanne. Von weitem sieht sie den roten Sportwagen ihres Neffen Stan heranfahren. Wie immer viel zu schnell. Der Junge bringt sich noch um, dachte Berta.

Berta hatte lange nichts von seiner Frau gehört. Etwas kriselte es ja immer in der Ehe. Ella legte das

139

angefangene Manuskript zu den anderen Manuskripten in den Tresor. Wo bleibt er nur, fragte sich Berta. Sie warf einen Blick durch das Küchenfenster. Stans Sportwagen stand in der Einfahrt. Sie machte sich einen Kaffee und ging wieder in ihr Büro. Der Neffe kam und begrüßte sie mit einem großen Blumenstrauß. Ella sagte: „Gibt es etwas zu feiern?" „Ja, Tantchen, das kann man so sagen. Ich werde mit meiner Frau eine längere Reise antreten." Ella stellte die Frage: „Ist denn wieder alles in Ordnung zwischen Euch?" „Ja, bestens", antwortete Stan.

Nach etwa einer Stunde verabschiedete sich Stan wieder. Beide waren guter Dinge für die Zukunft. Ella holte ihr Manuskript wieder aus dem Tresor und schrieb an ihrer Geschichte weiter.

Die Tage vergingen und Ella erhielt eine Urlaubskarte. Sie war froh, denn schließlich, ist Stan ihr einziger noch lebender Neffe. Irgendwann, wird er sie beerben. Die nächste Geschichte stand an. Ein Mord mit einem manipulierten Gasofen. Ähnliche Geschichten gibt es wohl schon, aber Ella konnte so lebendig schreiben, dass es Spaß machte ihre Bücher zu lesen.

Es schellte an der Haustür und sie machte auf.

Die Kriminalpolizei wollte sie sprechen. Behutsam, erklärte ein Beamter, dass es ein schlimmes Ereignis gegeben hat. Stans Frau erstickte bei einem Tauchvorgang. Die Obduktion ergab, dass sie an einer Überdosis Gift gestorben sei. Ein Stachel eines Rochens war das Übel. Stan sitzt zurzeit in Untersuchungshaft. „Das ist unmöglich. Mein Neffe kann es nicht gewesen sein." Der Beamte sagte: „Verdächtig ist nur, dass der Stachel des Rochen einen Schnitt aufwies. Der Stachel wurde einem toten Tier entfernt. Das Gift ist nach dem Entfernen immer noch wirksam. Aber wir können es nicht beweisen. Ella erschrak. Sie erkundigte sich bei dem Meeresbiologen Dr. Arndt Bernds welche Fische Menschen töten können. Es ist allerdings wenig bekannt, dass Rochen noch wirksames Gift in den Stacheln haben wenn sie tot sind. Hatte Stan doch etwas damit zu tun? Ella bekam eine Gänsehaut, wenn sie daran dachte. Sie hatte einmal einen Krimi geschrieben mit dem gleichen Inhalt, das heißt, es ging auch um einen Rochen, dessen Stachel noch wirksam war und jemanden umbrachte. Sie ging mit dem Beamten zum Tresor. Sie mussten feststellen, dass auf dem Manuskript Fingerabdrücke waren. Stan gestand schließlich den Mord und wurde zu lebenslanger Haft verurteilt. Der Schock saß bei Berta sehr tief. Von nun an schrieb sie keine Krimis mehr, sondern hielt sich an ihre Liebesromane.

Die Falle

Mexico 1978. Irgendwo in einer kleinen Stadt ereignete sich eine unglaubliche Geschichte. Police Officer Ken Grendell ermittelt in einem Drogenfall. In New York war er Leiter der hiesigen Abteilung. Grendell war ein gewissenhafter Fahnder, der seine Arbeit in der Drogenabteilung sehr ernst nahm. In seiner Freizeit ist er viel mit seiner Familie unterwegs. Das braucht er auch, denn sonst könnte er die vielen Drogentoten, die er täglich sah, nicht vergessen. Alice, seine Frau, schenkte ihm eine wohlgeratene Tochter. Das größte Hobby der Familie war das Segeln. Jede freie Minute verbrachten sie an der Ostküste. Ken Grendell konnte immer schon während der Fahrt wunderbar abschalten. Das fröhliche und herzliche Lachen seiner Tochter half ihm schnell über die schlimmen Ereignisse im Job hinwegzukommen. Zu einem Tatort im Osten der Stadt wurde Ken gerufen. Am Tatort angekommen, sah Jim, Kens Kollege und Freund, zuerst die Leiche. Eine junge Frau, auf dem Bauch liegend. Eine Überdosis brachte sie um. Er drehte die Tote um und musste mit Entsetzen feststellen, dass es die Tochter seines Kollegen Ken war. Taumelnd stürzte er ihm entgegen. Er wusste nicht, wie er es ihm begreiflich machen sollte, dass die Tote seine Tochter war. Zu spät. Ken erkannte seine Tochter an ihrem Lieblingsshirt, mit dem Segelboot.

Mit einer Aufklärungsquote von 85% lag Ken Grendell an der Spitze der Abteilung. Das konnte Ken jetzt allerdings nicht verarbeiten. Bei jeder Fahrt zu einem Tatort unterhielten sich Gendell und Jim Clarkson kaum, denn sie wussten schon vorher, was sie erwartete. Leider hatten beide keine Lösung für dieses Problem parat.

Officer Ken Grendell wurde vom Fall abgezogen. Sein Freund Jim versicherte ihm, alles zu tun um gegen das Drogenkartell vorzugehen. Die Zeit verging und die Trauer blieb. Ken verkaufte das Boot und wurde versetzt. Aber man konnte eigentlich nicht auf ihn verzichten, denn seine jahrelange Erfahrung war sehr groß. Nahe der Grenze zu Mexico wurde Ken nun eingesetzt. Mit einer kleinen Truppe ermittelte er nun an einer Schule. Ein Schüler konnte genaue Angaben über einen Hehler machen. Ein scheinbar einfacher Fall, denn Kens neuer Partner Steve erkannte schnell, wer dahinter steckt. Der Hehler war flink gefunden. Ein junger Mann, selbst abhängig. Er wollte studieren, gelang dann aber in die falschen Kreise und kam somit vom Weg ab. Ein Deal mit dem Officer sollte ihm Strafminderung einbringen. Grendell rechnete mit einem kleinen Quartier der Drogenhändler.

Zwei Tage später war der Ort des Hauptumschlagplatzes bekannt. Officer Steve Miller studierte die Akten. Officer Grendell wollte am Abend auf der Heimfahrt sich einen genauen Überblick verschaffen. Er bog mit seinem Geländewagen von der Hauptstraße in eine unscheinbare Nebenstraße ein. Plötzlich stand er vor „Benson's Top Cars". Inzwischen hatte auch Officer Miller eine Spur. Er versuchte seinen Kollegen über Polizeifunk zu erreichen. Ob es am Funkloch oder am Gerät lag, er wusste es nicht. Er konnte seinen Kollegen einfach nicht erreichen. Der Geländewagen näherte sich langsam dem ehemaligen Büro von „Benson's Top Cars". Alles war verlassen. Officer Grendell durchsuchte das Gelände. Sein Nachtsichtgerät hatte ihm schon manchen Dienst erwiesen. Er konnte nichts Auffälliges entdecken. Hinter einem Zaun stand ein alter Jeep. Grendell erinnerte sich an seine Jugendzeit. Mit diesem Auto hatte er Alice kennengelernt. Er stieg in seinen Geländewagen ein und setzte die Fahrt langsam fort. Plötzlich strahlte ihn die alte Neonbeleuchtung des ehemaligen Autohofes an. Ein grelles Rot. Seine Augen taten ihm weh. Grendell war erschrocken. In diesem Augenblick brausten schwarze Limousinen auf ihn zu.

Männer mit Maschinengewehren stiegen eilig aus. Grendell duckte sich auf den Boden seines Autos. Auf einmal Schüsse, Explosionen und entsetzliches Gedröhne.

Er hatte Glück. Fast wäre er im Kugelhagel umgekommen. Irgendwann wurde es ruhiger. Officer Miller eilte herbei. „Alles ist ok?", fragte er. Miller fand die richtige Spur. Der junge Mann, der an der Schule Drogen verkaufte, war der Sohn eines lange gesuchten Drogen- Bosses. Der Tipp war also eine Falle. Miller sagte zu Grendell: „Es war die richtige Zeit, zu stoppen." Grendell sagte, dass er vom Hellen, grellen Licht der Neonbeleuchtung geschockt war. Miller fand es auch äußerst eigenartig. Seit über 10 Jahren hatte dieser Stadtteil keinen Strom.

Officer Jim Clarkson, New York, fand heraus, dass die Tochter seines Freundes Ken nicht drogenabhängig war, als sie starb. Sie ist leider zum falschen Zeitpunkt, am falschen Ort gewesen. War sie jetzt zur richtigen Zeit am richtigen Ort.

Der letzte Tee

Nun saß er in seinem geliebten Lehnstuhl, trank dabei einen heißen Tee. Earl Grey war sein Lieblingstee, so wie er jeden Tag von Josefine, seiner Hausangestellten serviert wurde. Sein Blick richtete sich auf den See. Er sah auf seine Yacht, einige Million Euro wert. Der Garten des herrlichen Anwesens war wunderbar gepflegt. Der Duft der Rosen drang bis zu ihm und ließ den Tee noch besser schmecken. Ein Mann, der in seinem Leben alles erreicht hatte, 67 Jahre alt, eine schöne Zeit wartete noch auf ihn, auf Herrmann Degrothe. Sein Imperium baute Degrothe mit eiserner Hand auf. Sehr schnell ging es bergauf, er diktierte, wo es langging. Mit seiner ersten Frau hatte Herrmann Degrothe zwei Kinder; Frank und Georg. Schon sehr früh erklärte er ihnen den Erfolgsweg des Geldes. Degrothes Ehefrau Sonja, also die aus erster Ehe, denn jetzt war er ja mit Barbara verheiratet, hätte die Söhne lieber auf den Weg der Güte, der Liebe und der Ehrlichkeit geschickt. Aber Herrmann setzte sich durch. Nun saß also Herrmann Degrothe vor dem geöffneten Fenster, trank seinen Tee und erfreute sich an den Rosen, besser, an seiner Jacht, nein, er erfreute sich an seiner Macht. Macht, die er auf Geschäftspartner, auf Angestellte, ja, sogar auf seine Familie ausübte. So schrieb es Sonja in einem Abschiedsbrief, den sie ihrer Schwester Barbara heimlich zukommen ließ. Herrmann Degrothe hatte von Anfang an vor, dass Sonja nur Kinder gebären sollte, am besten vier Jungen. Nach dem zweiten Kind ließ sich Barbara sterilisieren, das war ihr Tod. Systematisch tyrannisierte Herrmann seine Frau. Jeder Tag wurde für Barbara zur Qual. Frank und Georg wurden angehalten, mehr aus den Geschäften herauszuholen. Für einen Hungerlohn zwang ihr Vater sie, erfolgreich zu sein und zu betrügen. Am Anfang des Geschäftslebens, als Barbara noch an Liebe dachte, schien alles gut zu laufen. Beide schrieben frühzeitig ihr Testament. Übertrugen alles gegenseitig. Herrmann war auch noch einverstanden, dass im Falle eines Versterbens von beiden, die zwanzig Jahre jüngere Barbara als Erbin eingesetzt würde. Das lag nun alles vierzig Jahre zurück. Vor drei Jahren kam Sonja bei einem Unfall ums Leben, zumindest stand es so in den Polizei-Akten. Das Ehepaar Degrothe kam auf ihrer Jacht in ein Unwetter, Herrmann kehrte allein zurück. Spekuliert wurde bis heute. Barbara kam zur Trauerfeier aus Rom in das Haus ihres Schwagers. Ihre kleine Wohnung konnte sie ohne weiteres ein, zwei Wochen allein lassen. Anhang hatte die hübsche junge Frau nicht. Sie trauerte im Haus der Degrothes. Bereits am zweiten Tag veränderte sich Barbara. Sie wurde schlapper, lustloser und müder. Herrmann war sehr zuvorkommend, verwöhnte sie mit köstlichem Tee. Die junge Frau ahnte nicht, dass sie mit Drogen vollgepumpt wurde. Bereits nach drei Monaten zwang

Herrmann sie zur Heirat. Völlig willenlos sagte Barbara leise „Ja" zum Standesbeamten.

Man könnte denken, das damals verfasste Testament ließe sich doch einfacher aus dem Weg räumen. Nein, daran dachte Herrmann nicht mehr, er wollte die junge Frau als Eigentum, als Hörige. Mittlerweile flüchteten Frank und Georg aus den Firmen und der Macht des Vaters. Dem Druck hielten sie nicht mehr stand. Frank erfuhr, dass bei einem Immobiliengeschäft sein Vater einen Mitkonkurrenten aus dem Weg räumen lassen hatte. So gierig wurde Herrmann Degrothe im Laufe der Zeit. Heute arbeitete Frank als Buchhalter, Georg als Steuerberater. Natürlich in einem anderen Land. Wo genau, das wusste niemand. Barbara ereilte eine Hautallergie, eine unangenehme Sache, denn es juckte schrecklich.

Geistesgegenwärtig stellte sie ihre Nahrung um. Von nun an trank Barbara viel Wasser und aß nur trockenes Brot. Nach vier Wochen fühlte sie sich wie neu geboren. Herrmann verwöhnte sie wieder mit Tee, in den er die Drogen mischte. Nur durch Zufall bemerkte Barbara das Röhrchen mit dem weißen Pulver. Gab es noch mehr davon? Barbara durchsuchte das Haus. Sie wurde fündig. Das Pulver schmeckte leicht bitter, außerdem hatte sie ein betäubendes Gefühl auf der Zunge. Was sollte

Barbara nun tun? Neuerdings war die Eingangstür verschlossen, vor den frei herumlaufenden Rottweilern im Garten hatte sie Angst. Josefine war ihre Rettung. Barbara setzte sich an den Schreibtisch ihrer verstorbenen Schwester, suchte Papier und Schreiber. Eine Kopie des Testaments lag unter allen Papieren, sowie eine Nachricht an Barbara. „Wenn du das liest, liebe Schwester, dann bist du so verzweifelt wie ich es war. Ich wollte einen Abschiedsbrief schreiben, dachte dann aber, warum soll ich mein Leben opfern. Ich wollte das Schwein umbringen..." Die ganze Lebensgeschichte war notiert, alles, aber auch wirklich alles kam ans Tageslicht. Aber, der letzte Satz war beängstigend: „Geh nicht zur Polizei, das Schwein lässt dich umbringen, er hat Mittelsmänner. Er ließ mich auch ständig überwachen. Bring das Schwein um und lebe mit dem Vermögen mit meinen geliebten Söhnen in Frieden. Bitte spende etwas an ‚Frauen in Not' und ‚Menschen mit Drogensucht', du wirst es schon richtig machen. Deine Schwester Sonja." Herrmann saß immer noch auf seinem Lehnstuhl, blickte zur Jacht, genoss seinen Einfluss und seine Macht. Langsam schloss er die Augen, das Gift wirkte. Dieses Mal hatte er etwas im Tee. Dr. Dresen stellte lediglich einen Herzinfarkt fest.

Projekt GHOST 5000

Nachdem Professor Taylor das Geheimnis der Gedankenübertragung der Öffentlichkeit zugänglich gemacht hatte, öffneten so einige Institute, die nicht nur Gutes im Schilde führten. Schließlich war es eine lukrative Geldeinnahme. Mein Name ist Stuart Miller, ich bin Polizei-Berichterstatter in St. Lois. In den Tageszeitungen wurde über einen Fall berichtet, den ich hiermit veröffentlichen und aufklären möchte. Zunächst einmal: Mister Steve Ranks aus Chicago ist unschuldig! Im Jahr 2068 veröffentlichte Professor Clark Taylor seine erfolgreichen Experimente über Gedankenübertragungen zwischen zwei Probanden. Am 11. Oktober des gleichen Jahres kam dann seine Hammer-Veröffentlichung über den Tausch zweier Denkstrukturen oder auch des Bewusstseins. Die Frage, die wir damals schon gestellt haben, ist: Handelt der ausgetauschte Geist als eigener Mensch in einem fremden Körper oder wird er nur missbraucht? Bereits kurz nach der Veröffentlichung von Professor Taylor waren wir bei der Polizei schon der Meinung, dass es große Probleme geben wird. Ein Fingerabdruck ist dann nichts mehr wert! Das Prinzip von Taylor basiert auf den im Jahr 2059 entdeckten Tesolit-Wellen. Diese durchdringen das Gehirn und speichern den augenblicklichen Zustand an Gefühlen, Denken und Intelligenz auf einen riesigen Computer.

Professor Taylor entwickelte zunächst eine übergroße Apparatur, um nicht nur den augenblicklichen Zustand des Bewusstseins festzuhalten, sondern, je nach Speichergröße des Computers, ein Abbild von bis zu zehn Stunden zu schaffen. Als nächsten Schritt ersetzte Taylor den Computer durch ein menschliches Gehirn. Es folgte, die Apparatur von vier Kubikmetern, von einem Motorradhelm zu ersetzen. Mittlerweile funktioniert das Prinzip mit High-Tech-Pudelmützen mit Bommel. Die Bommel dient dabei als Antenne, die über Satellit auf der ganzen Welt eingesetzt werden kann. Wir dachten natürlich nur an negative Auswirkungen dieses Prinzips, bei allem Respekt über die Leistungen von Professor Taylor. Etwas außerhalb unserer Stadt St.Lois eröffnete das Institut GHOST 5000 am 26. Januar 2070 mit dubiosen Angeboten ihre Dienste. „Möchten Sie eine Stunde Präsident der USA sein? Das können wir Ihnen nicht erfüllen, ansonsten alles!"

Robert K. aus Wichita reiste extra an, um das Angebot anzunehmen. Mit der Begründung, er wollte seinen Geschäftspartner Jeff H. überprüfen, ob er die Bücher fälschte und unter der Hand Schmiergeld annahm, stellte sich Robert K. vor. Der Grund war plausibel und für den Leiter Dr. Crown des Instituts GHOST 5000 gut nachvollziehbar. Nur hatte Robert K. keinen Probanden mitgebracht, in den er hineinschlüpfen konnte. Natürlich war es verboten und strafbar, wenn man sich einen fremden Körper auslieh, der von seinem Glück oder Pech nichts mitbekam. Aber was hieß strafbar? Die Gesetze waren ja noch nicht verabschiedet. Die Politik hinkte hinterher. Dr. Crown brachte Robert K. in die heiligen Hallen des Instituts. In Kabine 3 lag Steve Ranks aus Chicago. Die Nachbarliege war leer. Steve brachte seine Freundin Judith P. mit. Einmal als Frau die Highlights von St.Lois zu erleben, das war Steve die 158.000 Dollar wert. Judith war eine ganz tolle Frau für Steve. Leider konnte er nie bei ihr landen, denn Judith war glücklich verheiratet. Nach Judiths Kündigung müssten sie aber das noch nicht abgezahlte Haus verkaufen. Steve würde 50.000 Dollar für diese 10 Stunden bezahlen. Gegen eine Zahlung von 30.000 Dollar an Dr. Crown, unversteuert natürlich, würde Robert K. den Körper von Steve für acht Stunden bekommen. Zwei Stunden war Steve schon mit Judiths Körper unterwegs, es blieben also diese acht Stunden. Robert K. willigte ein. Es waren wenige Handgriffe und Judiths Bewusstsein, das in Steves Körper war, wurde in den Computer mit dem riesigen Speicherplatz übertragen. Judith würde von all dem nichts erfahren, denn es war der augenblickliche Zustand. Ab jetzt gab es kein Denken und keinen Traum, nach der Prozedur fehlten Judith lediglich acht Stunden Denken in ihrem Leben. Nach 15 Minuten war Robert K. in Steves Körper. Er raste sofort nach Chesterfield. Die Frage war nur, wer fuhr los? Robert oder Steve? War es Robert oder wurde

Steves Geist, wie eingangs erwähnt, missbraucht?
Gegen 21 Uhr 30 stand Mister Steve Ranks vor dem
Motel KINGS in Chesterfield. In der Zwischenzeit
amüsierte sich Miss Judith P. in St.Lois. So stand es
später in den Polizeiakten. Mister Steve Ranks betrat
das Motel-Zimmer mit einem Tritt gegen die Tür. Er
zog eine 9-mm-Waffe und feuert sofort auf die im
Bett liegenden Personen. Er schoss das Magazin leer.
Im Bett lagen seine Frau Jennifer K. und der
Geschäftspartner Jeff H., natürlich hatte Robert K.
vorher alles geplant. Danach trank Robert K. in Steve
Ranks Körper noch ein Bier in einer Bar in der Nähe.
Seelenruhig, im wahrsten Sinne des Wortes, verfolgte
er das Treiben der Polizei und des Notarztes vom
Fenster aus. Er ging zum Tresen und bezahlte mit den
Worten: „Eine Schlampe war sie, nur eine Schlampe!"
Damit machte er sich verdächtig. Der Wirt beschrieb
später Steve Ranks ganz genau. Judith P. lag bereits im
Institut. Robert kam in Steves Körper 15 Minuten
später. Dr. Crown lud Roberts Bewusstsein aus Steves
Körper in den Computer. Gleichzeitig ging Judith in
Steves Körper. Jetzt folgte nur noch der Transfer von
Robert im Computer in seinen Körper. Dr. Crown
verabschiedete sich nach getaner Arbeit zuerst von
Judith und Steve, die sehr glücklich waren. Judith über
das Geld und Steve über die Erfahrung. Danach
verabschiedete Dr. Crown Robert K., der ebenfalls
zufrieden war, wie auch immer man dies auffassen
wollte. Wie konnten wir nun den Fall aufklären? Durch

eine Aussage eines Familienvaters in einer Bar in St.Lois. Er wurde von einer Frau angesprochen: „Hi, ich bin Steve Ranks. Darf ich dich einladen?" Tja, man kann vielleicht das Bewusstsein in andere Körper stecken, aber Gewohnheiten legt man nicht ab, denn Steve meldet sich immer an seinem Arbeitsplatz mit: „Hi, ich bin Steve Ranks, wie kann ich Ihnen helfen?"

Die Liebe am Strand von Malibu

Ich wanderte in ein anderes Land aus. Geistig war ich relativ jung geblieben und mein Äußeres konnte ich ohne Bedenken zeigen. Mein bisheriges Leben war aus den Fugen geraten. Daher wollte ich mir eine neue Existenz aufbauen. Von dem Geld, das ich während meiner grauenhaften Ehe zusammengespart hatte, kaufte ich mir ein wunderbares Strandhaus. Wenn ich am Strand entlang lief, flatterten meine langen schwarzen Haare im Wind. Oft wälzte ich mich übermütig im Sand und kam jedes Mal dem Wasser so nah, dass mein dünnes Kleid nass wurde. Meine makellose Figur war durch das nasse Kleid zu sehen. Mit mir und der Welt wieder zufrieden, legte ich mich im gelben Bikini in meinen Liegestuhl. Ich war Autorin. Meine Bücher wurden gern gelesen und viel verkauft. Ich schrieb bei jeder Gelegenheit, denn davon gab es viele. Zeit spielte für mich keine Rolle. Ich hatte genug davon. Die Sonne bräunte meine von Natur aus braune Haut noch mehr. Meine Nachbarn waren schon älter, besaßen auch ein Strandhaus und spielten regelmäßig Strandball. Oft fuhren sie mit dem Segelboot hinaus. Nicht unbedingt mein Ding. Ich hatte einfach keine Lust auf Kommunikation, wollte nur meine Ruhe haben. Viele Jahre musste ich mich vor meinem verstorbenen Mann verkriechen, ich hatte Angst vor ihm. Sein laut dröhnendes Organ hatte ich noch lange in den Ohren. Nun aber war alles gut, ich musste unbedingt zu mir finden, mich ordnen, meine Gedanken wieder auf die schönen Dinge richten. Ich versuchte es jeden Tag. Doch es fehlte etwas ganz Entscheidendes. Die Liebe und Zärtlichkeit, die ich nie erfahren hatte. Ich wollte ohne diese Gefühle nicht mehr durchs Leben gehen. Aber was sollte ich nur tun? Ich konnte mir doch keinen Partner aus dem Meer fischen. Meine Nachbarn Elli und Steve Baker hatten einen Sohn. Ich konnte nicht anders und musste ständig an ihn denken. Eigentlich wollte ich keinen Mann mehr kennenlernen. Aber Dan sah verdammt gut aus, war im richtigen Alter und hatte alles, was eine Frau sich wünschen konnte. Oft kam er unter einem Vorwand zu mir. War doch eindeutig, dass er mich kennenlernen wollte.

Eines Tages sagte er zu mir: „Dana, willst Du meine Freundin werden? Ich meine richtig, Du weißt schon." Abgeneigt war ich nicht und willigte ein. Das Leben war herrlich, keine Sorgen und Probleme waren zu wälzen und die Sonne schien immer. Mal lagen wir am Strand, dann trug Dan mich hinauf, wenn die Sonne unterging. Wir liebten uns in meinem Haus, das eine riesige Terrasse zum Meer hatte. Dann aber kam Dan nicht mehr. Bisher war er jeden Tag bei mir gewesen. Ich konnte es nicht fassen. Ich ging hinüber und klopfte an die schwere Eichentür der Bakers. Sie verbarrikadierten sich seit einiger Zeit. Zu oft wurde eingebrochen. Dans Vater kam zur Tür. „Ja, bitte?", fregte er in einem nervösen Tonfall. „Ich bin Dana aus dem Nachbarstrandhaus", sagte ich, „was ist mit Dan los? Ich sehe ihn nicht mehr." Der Vater antwortete: „Dan hatte einen schweren Unfall, wissen Sie das denn nicht? Er lag bewusstlos am Strand, man fand ihn am späten Abend und brachte ihn ins Krankenhaus. Das Schlimmste ist, er hatte sich die Pulsadern aufgeschnitten. Viel Blut ging verloren. Nun ist er auf dem Weg der Besserung, will aber mit keinem sprechen." „Wissen Sie denn, warum er das tat?", fragte ich ihn. „Ja, er hat seine gesamten Ersparnisse verloren. Seine Bank hatte das Geld in die falschen Geldanlagen investiert und dann war von heute auf morgen alles weg." „Und jetzt?", fragte ich. „Kann man ihn besuchen?" „Ja, das können Sie. Aber wundern Sie sich nicht, wenn er Sie nicht sprechen will." „Wir werden sehen", meinte ich und machte mich mit meinem Strandbuggy auf den Weg zum Krankenhaus. Ich ging hinauf. Die zuständige Krankenschwester versuchte mich abzublocken. „Bitte lassen Sie mich zu Herrn Baker, ich muss mit ihm reden, ich bin seine Verlobte." „Ja, Sie dürfen zu ihm", sagte die Schwester. Dana öffnete vorsichtig die Tür, ging hinein und sah, dass Dan sehr blass war. Anders gesagt, er sah schlimm aus. Dan hob seinen Blick und schaute Dana direkt in die Augen. „Ich habe alles verloren Dana. Ich wollte Dir was bieten, Du solltest alles von mir bekommen. Nun bin ich arm."

„Erstens kannst Du nichts dazu und zweitens ist Geld nicht alles im Leben", sagte Dana. „Bitte bedenke, dass ich Dich sehr liebe, auch ohne Geld. Das was ich habe, wird für uns beide reichen und wir müssen auf nichts verzichten. Bitte lass den Kopf nicht hängen."

„Ja, Dana, mittlerweile habe ich mich wieder gefangen. In einigen Tagen bin ich wieder bei Dir."

„Ich warte auf Dich Liebster", sagte Dana. Dan hatte seinen aufwendigen Lebensstil nicht mehr halten können. Das war ihm aber egal, denn seine Ansicht vom Leben, hatte sich grundlegend geändert. Dan und Dana haben Wochen später geheiratet. Eine Strandhochzeit. Alle aus den Nachbarhäusern waren eingeladen. Sie feierten und nichts erinnerte an Dans Selbstmordversuch.

Ein glückliches Paar wohnte nun am Strand von Malibu in einem wunderschönen Haus mit einer riesigen Terrasse, einem roten Sofa, auf dem sie sich liebten, wenn Dan sie nach dem Sonnenuntergang hinauf getragen hatte.

Der Ring – Die Welt der Tepto

Der kleine Bauernhof in Süd-Schweden brachte nicht viel ein. Hanna und Erik Lörensen verkauften ihre wirklich gute Ware mit wenig Gewinn. Nun, dafür hatten sie ihre Stammkundschaft, verhungern würden die Lörensen nicht. Erik schaute sich heute auf dem Feld die Kartoffeln an. Mitten auf dem Feld bemerkte er, dass die Ernte dort sehr schrumpelig umher lag. Alle anderen Kartoffeln sahen wie immer prächtig aus. Etwa zehn Quadratmeter aber waren verdorben. Erik dachte, dass die Bewässerung dort nicht funktioniert hätte und ging der Sache auf den Grund. Genau im Zentrum fand er einen etwa sechzig Zentimeter tiefen Krater. So etwas war ja bekannt, es würde sich um einen kleinen Himmelskörper handeln. Erik kniete nieder und suchte nach einem Meteoriten. Doch einen solchen fand er nicht. Erik dachte, dass bereits ein Meteoriten-Jäger den Fund geborgen haben könnte. „Oh, was sehe ich, er hat wohl seinen Ring dabei verloren", freute sich Erik. Er funkelte nicht nur, er leuchtete regelrecht, er war golden, einen Stempel oder eine Punze konnte Erik allerdings nicht entdecken. Wie kleine Leuchtdioden strahlten die Lichter, aber es waren keine LED zu entdecken, der Ring strahlte von innen durch das Metall.
„Na, egal", dachte sich Erik. Schon Ewigkeiten hatte er seiner Frau nichts mehr schenken können.

Bis zu ihrem Geburtstag in zwei Monaten wollte Erik mit dem Geschenk nicht warten. Vielleicht würden dem Ring die Batterien ausgehen!

Am Abend bereitete Hanna Bratkartoffeln mit Köttbullar. Sie selbst aß zwar lieber Kartoffelpüree dazu, aber Erik liebte Bratkartoffeln mit viel Speck. „Mein Schatz, schon lange habe ich Dir nichts mehr schenken können", sagte Erik mit leiser Stimme. „Nein!", fiel ihm Hanna ins Wort. „Deine Liebe erhalte ich jeden Tag!" „Das ist lieb von Dir, aber mit diesem Ring will ich vieles gut machen", fuhr Erik fort. Hanna freute sich riesig, er passte auf den Mittelfinger. Bei dem anschließenden Fernsehprogramm musste Hanna die Hand unter ein Kissen legen, so hell strahlte der Ring. „Ach, Hanna, irgendwann sind die Batterien leer, dann wird er dunkler", flachste Erik. Tage vergingen, die Ernte war eingefahren, Hanna verkaufte die frische Ware im kleinen Ladenlokal. Jeder bestaunte den Ring, nur, abnehmen konnte Hanna den Ring nicht mehr. Mit jedem Tag, der verging, wurde Hanna schwächer. Erik bemerkte auch, dass seine Frau schneller alterte. Die Haut veränderte sich. Beide suchten einen Arzt auf. Zu einer großen Untersuchung wurde Hanna in ein Krankenhaus eingewiesen. Man fand nichts.

Die Ärzte vermuteten eine Überarbeitung. Mit einer Gesichtscreme versuchte Hanna gegen die immer stärker werdenden Falten anzugehen. „Es wird wohl die Sonneneinstrahlung auf dem Feld sein, ich hätte auch besser einen Strohhut tragen sollen", sagte Hanna beim Abendessen zu Erik. Erik fiel im Laufe der Zeit auf, dass Hanna nicht schwächer wurde, sondern sie veränderte sich rein körperlich. Hanna ging gebückter, ihr Haarwuchs verstärkte sich, die Haut wurde blasser, aber Hanna entwickelte eine enorme Kraft. Kartoffeln, die sie in die Hand nahm, zerquetschte sie locker. Trotzdem verkaufte Hanna noch im Ladenlokal. Erstaunlicherweise veränderte sich auch ihre Kundschaft. Nicht so gravierend, nicht so schnell, aber sie veränderte sich.

Erik erschrak eines Nachts, als Hanna im Traum Worte stammelte, die er nicht verstehen konnte, auch die Stimmlage änderte sich. „Rusch kermonex komenex", sagte sie mit tiefer Stimme. Erik rüttelte seine Frau wach. Morgens stand Erik müde und gebrochen auf. „War das eine Nacht", sagte er zu seinem Spiegelbild. Aber Erik erkannte sich kaum wieder. Seine Haut war schrumpelig, seine Haare enorm gewachsen. Ganz gleich, ob er seine Zahnbürste oder den Rasierer in die Hand nahm, er zerdrückte alles zu Staub.

Die Ereignisse überschlugen sich von nun an. Erik ging zum kleinen Ladenlokal. Auf dem Weg dorthin verabschiedete sich Frau Sörensen mit den Worten: „Norex rusch demeto" Erik antwortete: „Rusch

kermonex komenex rieh." Weitere Kunden verabschiedeten sich. Sie zogen schließlich von Schweden weg. Sörensens gingen nach England. Die Lornsens nach Frankreich. Nils und seine Familie zog es nach Spanien. Am Abend gab es wieder Bratkartoffeln und Köttbullar. Hanna und Erik unterhielten sich, aber nun in einer anderen Sprache. Damit wir alle daran teilnehmen können, hier die Übersetzung: „Unsere Lebensform ist endlich eingegliedert! Sobald sich die Körper an unseren Geist und Gestalt gewöhnt haben, können wir noch viele Jahre hier leben und uns fortpflanzen", sagte Hanna. „Ja, unsere ach so kleine Welt, Tepto, das ist ja extrem kleiner als Milli, Piko und Nano, kann endlich wieder leben. Jetzt existieren wir in riesigen Körpern", fügte Erik hinzu. Der Ring war ein kleines Raumschiff mit weiteren Besatzungsmitgliedern, nun löste er sich von Hannas Finger. Es blieben nur ein Dutzend kleiner Einstiche übrig, die wieder heilen würden.
Die Lichter strahlten hell, das Raumschiff hob ab, um neue Welten zu besiedeln... Ja, sie sind unter uns!

Der Schrecken der Nacht

Inspektor Tom Bloom fuhr wie jeden Morgen durch den Stadtteil Chinatown, um nach zwielichtigen Gestalten Ausschau zu halten. Sein Assistent Jeff Nixon war immer bei ihm. Tom regte sich ständig über ihn auf, denn dessen Art Kaugummi zu kauen, hatte der in den dreißig Jahren, die er mit ihm Dienst schob, nicht abgelegt. Plötzlich eine Durchsage: „Fahrt schnell in den Hyde Park, dort ist wieder eine Person tot umgefallen." Tom Bloom und Jeff Nixon fuhren sofort los. Nixon meinte: „Wieder jemand, der sich einen Streich erlaubt hat. In den letzten Monaten starben viele Menschen aus heiterem Himmel, einfach so. Sie müssen aber vorher noch etwas gesehen haben. Denn ihre aufgerissenen Augen deuten auf ein schreckliches Erlebnis hin." Was erwartete nun Tom Bloom und Jeff Nixon im Heyde Park? Drüben in Down Town lag ein junges Ehepaar tot, mitten auf dem Gehweg, in einer Seitenstraße. Eng umschlungen, ja fast schon ineinander verkrampft, mit weit vor Angst aufgerissenen Augen. Der Inspektor und Jeff stiegen aus ihrem alten Caddy aus und gingen zu der Stelle, an der das Pärchen lag. Entsetzen lag in Blooms Augen, als er die Leichen sah. Da war nicht nur das junge Paar, dort lagen auch zwei kleine Kinder, ebenfalls mit weit aufgerissenen Augen.

Seit Monaten riss diese Serie nicht ab. Was war hier los? Im Police Departement angekommen, setzten sich Bloom, Nixon und die anderen zusammen. Sie beratschlagten, was zu tun sei. Keiner konnte einen konkreten Vorschlag machen. Nur eines konnten sie ausschließen: Mord und Diebstahl. Auch durch Krankheit oder Altersschwäche umgekommene Personen kamen nicht infrage. „Zuerst einmal muss der Hyde Park bewacht werden", meinte Jeff. „Am besten Tag und Nacht. Wir könnten ja versteckt an verschiedenen Stellen Nachtsichtkameras aufstellen, sodass man sie nicht bemerken kann." Inspektor Nixon und seine Leute fanden die Idee großartig, meinten aber: „Die Todesfälle sind doch in verschiedenen Stadtteilen vorgekommen und Boston ist nicht gerade eine kleine Stadt. Alles kann bestimmt nicht überwacht werden." Tom Bloom ärgerte sich über ständige Zweifler und schimpfte lautstark: „Verdammt noch mal, Ihr Pfeifen, wenn wir nichts tun, kommen wir nie dahinter, was hier passiert. Ich will Euer Gejammer nicht hören, fangt endlich an. Ich will so schnell wie möglich Ergebnisse auf dem Tisch liegen haben. Und Sie Nixon, nehmen Sie endlich den Kaugummi aus dem Mund."

Am Abend wurden Kameras im Park verteilt. Sie waren so klein, dass man sie nicht sehen konnte. Am Tag darauf war die Enttäuschung groß, denn es war – wie zu erwarten – nichts zu sehen. Ein Raunen und Seufzen war zu hören. „Mein Gott, bitte meine

Herren, etwas Geduld müssen wir schon haben."
Zwischendurch, wieder ein Anruf. Abermals, schon
das zehnte Mal in einem Monat, dass ein Mensch zu
Tode gekommen war. Der Inspektor und Jeff Nixon
ließen alles stehen und liegen und fuhren sofort los.
„Haben Sie noch Worte für das, was hier passiert,
Jeff?" „Nun, ich kann mir absolut keinen Reim daraus
machen." Als sie ankamen, lag da ein junger Mann.
Wieder hatte der Tote weit aufgerissene Augen. Die
Leute müssen kurz vorher etwas Schreckliches
gesehen haben, denn auch die Haare der Leichen
waren stellenweise grau. Im Caddy unterhielten sich
die beiden: „Hören Sie mal, Jeff, wenn Ihnen meine
Art auf den Nerv geht, dann sagen Sie es bitte. Ich
meine es nicht böse, wissen Sie." Tom Bloom grinste
breit übers ganze Gesicht. „Aber Chef, ich weiß doch,
wie Sie es meinen", sagte Nixon. „Übrigens können Sie
du zu mir sagen, denn ich glaube, dass, was wir
zusammen schon erlebt haben, hat uns irgendwie
zusammengeschweißt", meinte der Inspektor. „Aber
mit dem Kauen hörst Du auf, Jeff, ja?" Er lachte dabei
herzlich.

Wieder vergingen Tage des Wartens und auf den
Kameras war immer noch nichts zu sehen. „Scheiße,
Mann!", schrie Bloom. „Das ist doch nicht möglich."

Aus anderen Stadtteilen gingen Anrufe in China Town
ein. Inspektor Bloom wurde hellhörig und ungehalten

gleichzeitig. „Was gibt's denn bei Euch an Neuigkeiten!", schrie er fast hysterisch in die Muschel des Telefons. „Nur die Ruhe, Tom, ich bin es, Jim Tailer aus Dorchester." „Ach, Du bist es, Jim, entschuldige meinen Tonfall, bin ein bisschen überarbeitet, nach dem, was hier in den letzten Monaten passiert ist, kein Wunder." „Tom, hör' mir mal aufmerksam zu, es ist wichtig, was ich nun sage. Bei mir ist gerade gemeldet worden, dass mehrere Leute während eines Spaziergangs eine Totenkopfgestalt gesehen haben wollen. Muss grausam gewesen sein. Rote Augen, zirka 1,90 Meter groß und breit grinsend. Ich kann mir gut vorstellen, dass man da vor Schreck tot umfallen kann. Wenn es das ist, was ich vermute." „Gut, danke Jim, ich bin froh, dass du angerufen hast, so haben wir wenigstens einen Anhaltspunkt. Wir werden sehen, ob was an der Geschichte dran ist." Tom legte kreidebleich den Hörer auf und rief Jeff zu sich. „Brauchst mir nichts zu sagen, Tom, ich hab alles mitgehört. Jetzt müssen wir wirklich alles daran setzen, um die Sache aufzuklären.

Nur Geister und Knochenmänner lassen sich sehr schlecht einfangen", witzelte Nixon. „Eigentlich glaube ich nicht an so was", sagte der Inspektor. „Leider müssen wir der Sache nachgehen."

Einige Tage später bekam Tom Bloom einen Anruf. Er wusste schon, was jetzt kam. Es wurde wieder eine

Leiche gefunden; in der Nähe der Howard University. Eine junge Studentin, sie hatte noch alles vor sich. Was führte dieses Monster im Schilde, was bezweckte es und wer war es? Tom und Jeff warfen sich in den alten Caddy, sodass die Stoßdämpfer ein lautes Knacken von sich gaben. An der University angekommen, sahen sie das junge Mädchen auf dem Gehweg liegen. Die Augen quollen dem armen Ding aus dem Kopf. Das Grauen war im Gesicht des Mädchens zu erkennen. Ein zusammengefaltetes Stück weißes Tuch lag daneben. Der Inspektor faltete das Tuch auseinander und hätte fast vor Schreck alles fallen gelassen. Mit Blut stand dort geschrieben: „Ich, Natas, werde die Welt für mich gewinnen. Niemand von Euch wird jemals eine Chance haben. Ach was seid Ihr doch ein dummes Erdenpack. Ich verkörpere das Böse in Form von vielen Gestalten. Ihr werdet es nicht schaffen, mich zu bekämpfen. Ich werde immer gewinnen. Natas wird nie untergehen ha, ha, ha!" Auch Jim Tailer aus Dorchester musste mit dem Bösen Bekanntschaft machen. Eines Abends, er hatte Dienstschluss, ging er zu Fuß nach Hause. Sein Dienstwagen war zur Inspektion. Es war stockdunkel, denn in dieser Gegend waren immer sämtliche Laternen zerstört. Kein Wunder, denn hier lebte der letzte Abschaum. Trotzdem Jim den Weg zu seiner Wohnung mit geschlossenen Augen finden würde, hatte er auf einmal panische Angst. Ihn verließ der Mut. Er hörte hinter sich ein eigenartiges Geräusch.

Er drehte sich um und vor ihm stand ein 1,90 Meter großer Knochenmann mit glutroten Augen und einem Bischofsstab in der gruseligen Hand mit den langen Knochenfingern. Er grinste breit und lachte hämisch. „Hab ich Dich endlich, Du Taugenichts. Was hast Du denn schon in deiner gesamten Polizisten Laufbahn erreicht? Wie viele Fälle hast Du aufgeklärt? Ich muss lachen. Ich glaube, wohl kaum der Rede wert. Jetzt hörst Du mir einmal gut zu, Jim Tailer." Jim war standhaft, obwohl ihm fast schwarz vor den Augen wurde, riss er sich zusammen, denn er musste einen klaren Bericht abliefern. Wenn er überhaupt noch dazu kam. Die Gestalt sprach mit einer krächzenden, boshaften Stimme: „Wenn Ihr nicht aufgebt, hinter uns herzujagen, wird Euch Schlimmes widerfahren. Ihr werdet genauso elendig sterben, wie alle anderen vor Euch. Auf dieser und auf anderen Erden werden wir immer die Mächtigsten sein, merke es Dir. Nach uns und neben uns kommt nichts mehr. Es wird die Zeit kommen, da werdet ihr uns Kirchen bauen und uns anbeten." Tailer war starr vor Angst und sackte zusammen. Als er wieder aufwachte, fand er sich auf einem Schrottplatz wieder, zwischen alten Autos, die schon auf dem Weg in die Presse waren. Kriechend schaffte er es, sich aus den Schrottbergen zu retten. Er kroch noch ein Stück und versuchte sich aufzurichten. Zum Glück hatte er sein Handy noch und konnte Hilfe anfordern. Mit letzter Kraft rief er in der Zentrale an, bevor er das Bewusstsein verlor. Einen

Tag später saß er wieder in seinem Büro in Dorchester und rief Tom Bloom in China Town an: „Tom, bist Du dran?" „Ja, was gibt es Neues, Jim?" „Hier ist die Hölle los, sprichwörtlich gesagt. Viele Tote und diese Knochentypen haben wir noch nicht persönlich kennengelernt. Aber er hat einen Stofffetzen hinterlassen, mit blutiger Aufschrift." Tom Bloom las seinem Freund und Kollegen vor, was darauf geschrieben stand. „Kannst Du damit was anfangen, Jim?" „Tom, ich weiß nicht, wie ich es Dir sagen soll, aber mir sitzt die Angst noch im Nacken. Ich habe gestern Abend mit dieser unheimlichen Gestalt Bekanntschaft gemacht. Fand mich dann auf einem Schrottplatz wieder und konnte mich gerade noch vor der Schrottpresse retten. So etwas Grausames möchte ich nie wieder erleben. Er drohte mir, wenn wir nicht aufhören, ihn zu bekämpfen, würde uns Schreckliches geschehen." „Jim, jetzt beruhige Dich wieder", sagte Tom Bloom. „Ich glaube, wir müssen hier in meinem Büro dringend eine Krisen-sitzung abhalten. Unsere Leute und wir beide müssen einen Plan aufstellen, nach dem wir vorgehen. Schließlich geht es hier um eine ganze Stadt, die Schutz braucht." „Du sagst es, Tom. Ich schlage vor, wir alle treffen uns hier morgen früh, dann sehen wir weiter. Geht das für Euch klar, Jim?" „Ja, okay, wir kommen."

Chinatown lag an diesem Morgen im Frühnebel. Alles war ruhig, niemand auf den Straßen, nur im Büro von Inspektor Tom Bloom war die Hölle los. Das nicht gerade große Büro quoll über mit Leuten. Sie trafen sich an diesem Tag wie besprochen, um einen Plan auszuarbeiten. Die furchtbare Gestalt musste endlich zur Strecke gebracht werden. Jim Tailer und seine Leute hörten aufmerksam zu, was Bloom und Nixon ihnen zu sagen hatten. „Leute, wir haben Euch hier zusammenkommen lassen, weil die Situation kritisch ist", sagte Tom. „Viele Menschen sind in Boston in den letzten Monaten ums Leben gekommen. Es waren keine Morde, das wissen wir nun.

Der Schreck und der Horror ließen sie einfach sterben. Wenn Jim nicht so starke Nerven gehabt hätte, wäre auch er jetzt in den ewigen Jagdgründen verschwunden", sagte Jeff.

„Nun, was haben wir an Anhaltspunkten?", bemerkte Tom. „Es ist eine sehr große Gestalt, besser gesagt ein Skelett. Es hat blutrote Augenhöhlen und trägt einen Bischofsstab in der rechten Knochenhand. Der Teufel höchstpersönlich." Jim wurde nachdenklich: „Einen Bischofsstab? Sicher, jetzt erinnere ich mich wieder. Wir müssen herausfinden, wer diese Gestalt mal war. Offensichtlich ein Bischof." „Jim, Du durchforstest sämtliche Kirchenregister unserer Stadt. Du, Jeff, gehst mit mir ins Stadtarchiv. Wir müssen unbedingt Klarheit schaffen. Okay Leute, an die Arbeit, wir dürfen keine Zeit verlieren. Wir treffen uns in zwei Tagen wieder hier und ich hoffe, Ihr kommt mit

Neuigkeiten zurück!" Jedoch die Tage verstrichen ohne Ergebnis.

„Fast alle Kirchen haben wir durch, nur eine einzige, da kommen wir so schnell nicht ran." „Warum nicht!", brüllte Tom ungehalten. „Sie steht im Verruf, dass dort vor 100 Jahren schwarze Messen abgehalten wurden. Ein Bischof, mit Namen Paulus soll dort das Sagen gehabt haben. Er wohnte in diesem Gebäude und starb, während eine Messe abgehalten wurde. Man sagt, der Teufel selbst habe ihn damals geholt."

Tom fragte vorsichtig, aus Angst sich wieder im Ton zu vergreifen: „Jim, habt Ihr denn herausgefunden, wo sich diese Kirche befindet? Hat sie Bestandschutz?" „Ja, Tom, die Kirche liegt weit außerhalb von Boston, schwer zu finden, steht aber nicht unter Bestandschutz. Viele Leute, die wir befragt haben, wollen des Öfteren nachts dort Licht gesehen haben und eine Gestalt, die Gebete in einer völlig fremden Sprache spricht." „Mein Gott!", schrie Jeff hysterisch los, „ich glaube, ich verliere die Nerven. Das ist ja der reinste Horrorfilm." „Ja, Jeff, das ist es wohl", meinte Jim Tailer.

Die Inspektoren beschlossen, diese unheimliche Kirche aufzusuchen und zu inspizieren. Einige Tage später war es so weit. Alle trafen sich wieder in Tom Blooms Büro. „Leute, habt ihr euch gut vorbereitet?", fragte er.

Er versuchte immer noch gute Miene zum bösen Spiel zu machen. Jeff schob sich vor Aufregung einen Kaugummi nach dem anderen in den Mund. Seine Backen erschienen so dick, als wenn man ihm ins Gesicht geboxt hätte. Tom verkniff sich diesmal seine dummen Bemerkungen. Die Situation war zu ernst. Da wollte er sich nicht mit solchen Lappalien herumärgern. Sie fuhren los. Die Fahrt war lang und es wurde bereits dunkel, als sie endlich ankamen. Eine alte Kirche tauchte auf. Sie war aus dem 16. Jahrhundert und machte schon von weitem einen gruseligen Eindruck.

Man konnte das Grauen förmlich spüren. Die Männer öffneten langsam die Tür. Tom hatte eine Pistole bei sich, die mit silbernen Patronen geladen war. Jeder der Männer hatte ein silbernes Kreuz bei sich. Aber, was noch wichtiger war, Sprengstoff, um, wenn es ganz schlimm kommen sollte, das Gebäude in die Luft zu jagen. Die Atmosphäre war erdrückend. Schwerer Weihwassergeruch vermischt mit etwas Undefiniertem waberte in der Luft. Der Altar war schwarz und das darüber hängende Kreuz verkehrt herum aufgehängt. Schwarze Kerzen leuchteten in der Dunkelheit. Tom, Jeff und Jim waren erst einmal allein. Alle anderen Männer schoben draußen Wache. Eine angsteinflößende Stille machte sich breit. Plötzlich erhob sich aus dem Nichts heraus eine Gestalt. Es wurde immer unheimlicher. Bischof

Raulus, der schon vor 100 Jahren starb, stand nun in voller Größe hinter dem Altar. „Was wollt Ihr hier?", krächzte er. „Wir wollen Dich vernichten, Du hast viele Menschen auf dem Gewissen, die unschuldig sterben mussten." „Ich hasse Euch!", entgegnete der Bischof. „Ich habe mich damals dem Bösen zugewandt, weil man mir ewiges Leben versprach, wenn ich es schaffen würde, die Menschen zum wahren Glauben zu führen. Ich versuche es immer wieder und wer nicht mitziehen wollte, musste sterben. Der Teufel wird auf dieser Erde die Oberhand gewinnen, da könnt Ihr nichts gegen tun, ha, ha. Menschen sind beeinflussbar. Man kann sie manipulieren. Genau das werde ich tun und wer sich mir in den Weg stellen will, der muss sterben. Nun zieht wieder von dannen, Ihr dummes Menschenpack, bevor ich Euch erledige."

Tom Bloom, Jeff Nixon und Jim Tailer zögerten nicht lange, gaben den Männern ein Zeichen und feuerten mit ihrer silbernen Munition los. Gezielt trafen sie Raulus ins Herz. Zuerst lachte er noch höhnisch und alle sahen die Situation als aussichtslos an. Doch er sackte langsam zusammen. Tailer drückte ihm das silberne Kreuz auf die Brust. In diesem Moment zerfiel der Körper des Bischofs zu Staub. Nichts erinnerte noch an ihn. Tom sagte: „Zur Sicherheit werden wir noch die Kirche in die Luft jagen." Sie legten den Sprengstoff aus, verkabelten alles und machten dem Spuk endgültig ein Ende. Die Menschen in Boston konnten wieder ohne Angst auf die Straße gehen. Inspektor Bloom und Jeff Nixon kämpften weiterhin gegen die Gefahren aus der Unterwelt an.

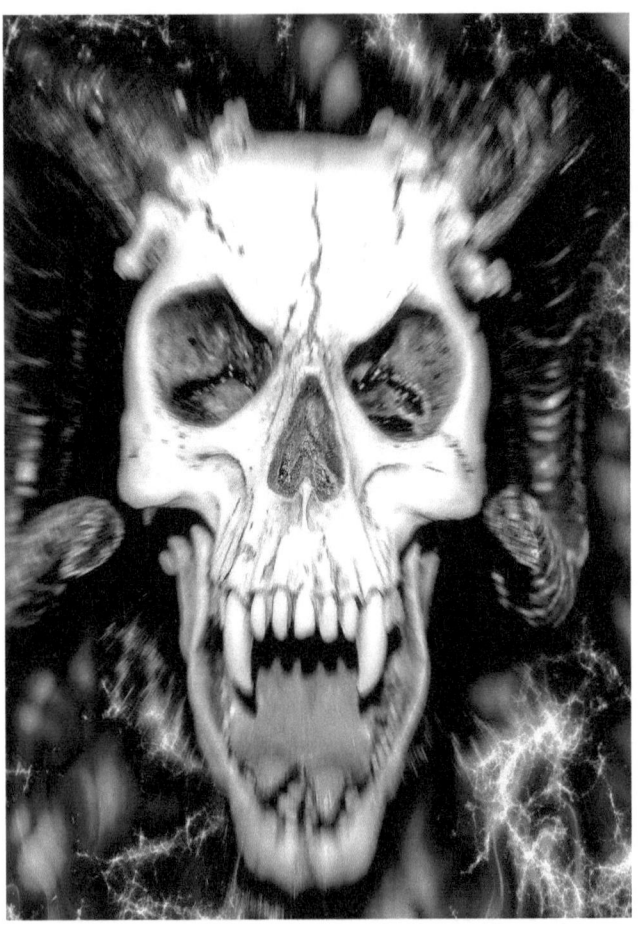

Die große Chance

Mein Weg führte mich durch Indian Springs, einer kleinen Ortschaft in Nevada. Ich hatte an diesem Tag bereits über 1.000 Kilometer abgespult, die Route 66 wäre mir lieber gewesen, aber mein Weg führte mich von Norden nach Süden. In meiner Aktentasche befanden sich Verträge, Schallplattenverträge, einige Künstler verlangten eben, die Verträge in ihrem Privathaus zu unterzeichnen. Na ja, sie konnten es sich noch erlauben, denn einige hatten nun wirklich keine Stimme. Aber das sollte nicht mein Problem sein, wenn ich einmal Plattenboss werden würde. Das würde jedoch wohl nichts mehr in diesem Leben werden. Die kleine Bar hatte noch geöffnet. Jetzt ein kühles Bier und etwas zu Essen, dies wäre schön. Mal sehen, ob es in der Nähe noch ein Motel gab. Aber nicht in Bates Motel, der Film Psycho lief gerade in den Kinos, da würde ich jetzt lieber mit meinem Colt unter dem Kopfkissen schlafen. In Marindas Bar fand ich alles, was ich suchte, mein Bier, vier Frikadellen und gute Musik. Ja, wirklich, eine vorzügliche Sängerin gab hier ihr Bestes. Mit jedem Lied, das ich hörte, schmolz ich mehr dahin. Da war dieses gewisse Extra in der Stimme, etwas Erotisches, etwas Leises. Dann wieder eine Kraft, eine Fröhlichkeit mit viel Power. Ich fragte Lisa, die etwa fünfzigjährige Wirtin eines verstorbenen Fliegers der Air Force, ob sie mich mit der Sängerin bekannt machen möchte. Mein äußeres Erscheinungsbild war wohl sehr positiv, denn die Sängerin kam in der Pause an meinen Tisch. „Hallo, mein Name ist Diana, Diana Miller", sagte sie. Wir plauderten die ganze Nacht, immer in ihren Pausen sprachen wir über Gott und die Welt. Diese Frau faszinierte mich, ihr Gesang, ihre Stimme, ihr Aussehen. Nicht, dass ein falscher Eindruck entsteht, wir gingen um fünf Uhr morgens zu ihr, ich suchte kein Abenteuer, ich schlief auf ihrer Couch im Wohnzimmer. Um zehn Uhr frühstückten wir, ungeschminkt saß Diana am Tisch, bei Ei und Toast mit Marmelade. Was für eine schöne Frau! Würde ich sie wieder irgendwann sehen? Nach dem Frühstück fuhr ich nach Bakersfield. Wir verabschiedeten uns sehr herzlich. Bei jedem Kilometer, den ich in meinem Chevy fuhr, wurde mir immer klarer, was für ein Juwel Diana war. Ich hätte noch so viele Fragen, ich fuhr schneller und schneller, wollte diesen Vertrag mit John unter Dach und Fach bringen. John war Country-Sänger, hielt sich für Johnny Cash, aber da lagen Lichtjahre zwischen. Mein Problem sollte es nicht sein, ich dachte nur noch an Diana. „Willst Du einen Drink?", fragte John. „Danke nein, ich will den Vertrag noch heute nach Los Angeles bringen, damit Du schnell an Deine Aufnahmen kommst", antwortete ich. „Hey, das ist ja sehr korrekt, so liebe ich es als Star!", entgegnete er. „Du Loser", dachte ich mir nur. Die Verträge übergab ich in Los Angeles der Agentur, nun ging es mit Höchstgeschwindigkeit zurück zu Diana. Um acht Uhr abends saß ich in der Bar.

„Hi, Lisa! Wann kommt Diana?", fragte ich.

„Oh mein Gott, Du weißt es noch nicht? Diana hatte einen Autounfall. Der Typ war betrunken, fuhr schnell wie ein Henker. Diana wurde durch die Luft gewirbelt, direkt in die Schaufensterscheibe von Bill's Eisenwaren", sagte Lisa weinend. Sofort fuhr ich die 250 Kilometer zum Krankenhaus in St. George. „Die Patientin hat tiefe Schnittwunden, einige Brüche und einen Schock", sagte der behandelnde Arzt. Tagelang saß ich an ihrem Bett, ich kündigte meine Stellung, ich suchte mir eine kleine Wohnung. Drei Monate vergingen, Diana lachte mich immer an, wenn ich zu ihr kam, aber sie konnte nichts sagen. „Was ist mit ihren Stimmbändern?", fragte ich den Arzt. „Daran liegt es nicht. Sie hat einen schweren Schock", antwortete der Arzt. Ich saß nur noch an Dianas Bett im Krankenhaus. Immer wieder erzählte ich ihr aus meinem Leben, alles, was mir so einfiel. Ich erzählte, dass ich eine Frau suchte, eine Frau wie sie es war. Es würde so schön sein, wenn der Pfarrer fragen würde: „Möchten Sie Diana zur Frau nehmen?" Tage vergingen, ich sprach immer wieder von Heirat und Zukunft. In meinem Kopf war alles aufgebaut, die Zukunft begann zu leben, aber noch lag Diana im Krankenbett und lächelte mich an. Irgendwann, es war Montag oder Dienstag, schlief ich an ihrem Krankenbett ein. „Ja!" Ich wurde wach, dachte, dass

ich noch träumen würde. „Ja!", sagte Diana.
Einfach nur „Ja!"

Ich konnte mein Glück kaum fassen. Jetzt war ich der glücklichste Mann auf dieser Welt. Aber es steigerte sich nochmals. Wir heirateten in Las Vegas. Mit meinen Verbindungen in die Plattenindustrie machte ich aus Diana einen Star in Las Vegas. Heute sang sie jeden Abend vor ausverkauftem Haus. Die zweite LP unseres Labels „Gradon Music" ist in Arbeit. Wir sind unendlich glücklich.

 Jeden Abend wird meine Frau angekündigt mit: „Applause for the great Diana Gradon!"

Am Tag als es Blutstropfen regnete

Im Jahre 1955 war die Mafia in Amerika und Italien sehr präsent. Jedoch bis heute regiert sie dort, schlimmer noch als damals. Meine Geschichte spielt sich auf Sizilien ab. Palermo soll angeblich heute nicht mehr gefährlich sein, doch im Jahre 1955 schon. Die kleinen Geschäftsleute konnten sich nur mäßig über Wasser halten. Arbeitslosigkeit war an der Tagesordnung.

Die Hälfte ihrer Tageseinnahmen floss an die Mafiabosse. Die Geldeintreiber waren brutale und ungebildete Kerle, die nur eines im Kopf hatten, ihrem Boss gefallen und gute Ergebnisse bringen. Doch irgendwie waren die Italiener Lebenskünstler. Sie machten aus schlechten Situationen wieder gute. Mama Loretta, so nannten alle die alte Frau, die in einer einsamen Nebenstraße wohnte. Loretta lebte mit ihren vier Söhnen zusammen. Antonio, Francesko, Mario und Paulo hießen sie. Obwohl, schon lange von Arbeitslosigkeit gebeutelt, gaben sie nie auf. Sie nahmen Tagesjobs an um auch ihre liebevolle Mutter satt zu bekommen. Erst gegen Abend begann das Leben in den Straßen und auf den Plätzen. Am Tage war es einfach zu heiß zum Arbeiten.

Loretta war das Familienoberhaupt der Beluccis und hatte nach dem Tod ihres Mannes alles bestens im Griff. Doch die Kraft fehlte ihr einfach um heute noch zu arbeiten. Sicherlich war sie auch zu alt. Mit 85 Jahren ging eigentlich nichts mehr. Den allabendlichen Einkauf aber ließ sie sich nicht nehmen. Der kleine Lebensmittelladen von Enrico war dabei immer ihr Anlaufpunkt. Sie kannten sich schon einige Jahrzehnte und Enrico vergas vollkommen die Zeit, wenn Mama Loretta den Laden betrat.

An diesem Morgen aber, war alles anders. Eine schwarze Limousine fuhr langsam und fast geräuschlos hinter der alten Frau her. Die Scheiben waren auch schwarz abgedunkelt, sodass niemand hineingucken konnte. Wie immer betrat die alte Dame den Laden von Enrico. Sie redeten und redeten. Die schwarze Limousine fuhr sehr langsam und hielt vor Enricos Laden an. Lautlos schlichen sie sich hinein und schlugen zuerst Mama Leone und dann den Ladenbesitzer nieder. Nur, die Schläge waren so brutal, dass die ahnungslose Frau mit dem Kopf auf den harten Steinboden schlug. Sie blutete so stark, dass alles Blut gegen die Wände spritzte. Dann machten sie sich an Enrico ran. Mit ihm machten sie das Gleiche.

Sie verschwanden so still, wie sie gekommen waren. Niemand hatte sie gehört und gesehen. Die sonst so belebte Straße war plötzlich totenstill. Warum ausgerechnet diese alte Frau? Warum überhaupt diese Morde. Die Mafia Bosse wollten wieder einmal zeigen, dass sie präsent sind. Dabei spielte es keine Rolle, wer ermordet wurde. Totenstille herrschte plötzlich in der schmalen Gasse des Ortes. Die alte Frau lag in ihrem Blut und röchelte. Der Ladenbesitzer bewegte sich ein wenig, aber er lebte. Ein streunender Hund wurde aufmerksam. Enrico warf ihm jeden Morgen ein Stück von der frischen Salami zu, wenn er erwartungsvoll in den Laden lief. An diesem Tag kam der Streuner und roch das Blut der Verletzten. Hysterisch fing er an zu bellen und sah die beiden Menschen am Boden liegen. Er lief zur Polizeiwache, die nur ein paar Meter weiter ein Büro hatte. Dort bellte er noch ausgiebiger und lauter, sodass den Polizisten keine andere Wahl blieb, sie mussten dem Tier folgen. Es führte sie zum Laden von Enrico. „Hallo, ist da jemand?", rief der Beamte. Endlich bemerkte dieser, dass hinter dem Tresen zwei fast verblutete Menschen lagen. Er rief sofort den Krankenwagen und das Kommissariat an. Schnell verarztete ein Notarzt die Schwerverletzten. Ein Schädelbruch mit Einblutung ins Gehirn, war seine Diagnose.

Zwei Kommissare betraten nur ein wenig später den Raum. Nach den ersten Untersuchungen fuhr man die Verletzten so schnell wie möglich ins Krankenhaus. Mama Loretta und Enrico, der Ladenbesitzer, kamen sofort auf die Intensivstation. „Ob wir sie retten können, steht noch in den Sternen", sagte der zuständige Arzt. Den Anblick war er eigentlich gewohnt, denn fast jeden Tag wurde in der Stadt einer ermordet. Die Menschen hier trauten sich ja kaum noch vor Angst den Mund aufzumachen. Zwei Wochen vergingen bis Commissario Umberto Leone das Krankenzimmer der Patienten betreten durfte. Viel konnte er nicht in Erfahrung bringen, denn die ganze Aktion ging sehr schnell über die Bühne, so erzählten die Patienten es ihm. Die Mafia ist eben allgegenwärtig. „Wen soll man dafür verantwortlich machen?", dachte der Commissario."

Die letzte Fahrt

Stolz und erhaben stieg Roger King aus seinem Dodge
Charger Daytona. Schon wieder fuhr er ganz vorn mit
und konnte als Sieger des Rennens gefeiert werden.
Eigentlich wollte er schon vor ein paar Jahren aus dem
Motorsport aussteigen. Er hatte alles erreicht, was er
wollte. Trotz seiner 40 Jahre bekam er einfach nicht
die Kurve. Er sagte immer zu seiner Frau: „Emelie, der
schönste Tod für mich wäre, wenn ich in meinem
Rennwagen sterben würde." Er, seine Frau, und die
die Kinder lebten in Texas. Sie hatten ein großes Hotel
und mehrere gut gehende Juweliergeschäfte. Doch
das Risiko auf der Rennbahn und der Nervenkitzel, der
ihn jahrelang begleitete, ließen ihn nicht mehr los.
Emelie bettelte vor jedem Rennen und appellierte an
seine Vernunft. Leider tat Roger, was er dachte tun zu
müssen. Er merkte noch nicht einmal, dass seine
Teamkollegen ihn manipulierten und nachts an
seinem Wagen herumschraubten. Sie versuchten
alles, um ihm die Arbeit im Team zu erschweren. Da er
sehr viel von Technik verstand und seinen Wagen vor
jedem Rennen überprüfte, konnte er das Schlimmste
verhindern. Der Startschuss fiel. Mit quietschenden
Reifen und qualmenden Motoren fuhren sie los,
Runde für Runde. Die Spannung stieg. Noch immer
hatte Roger King so viele Anhänger unter dem
Publikum, dass es ihm gerade jetzt noch mehr Antrieb

gab, weiter zu machen. Davon konnte ihn auch seine Frau nicht abhalten. Die sechste Runde wurde abgewinkt und die Spannung stieg. Doch Roger fuhr dieses Mal nicht vorne mit. Sein Auto wurde immer langsamer. Die Bremsen blockierten etwas. Er drückte weiter auf die Tube, was das Zeug hielt. Doch er gab immer noch nicht auf. Er wollte wieder als Sieger auf dem Treppchen stehen. Er merkte nicht, dass der Motor schwarze Rauchwolken ausstieß. Er merkte auch nicht, dass der Motor Feuer fing. Öl spritzte aus dem Motor. Er kam von der Bahn ab, versuchte, als das Auto ins Schlingern geriet, gegenzulenken und knallte mit voller Wucht in die am Rande aufgeschichteten Sandsäcke. Ihm geschah zum Glück nichts. Emelie rannte auf die Rennbahn. Sie wollte zu ihrem Mann, dachte das Schlimmste. In diesem Augenblick erfasste ein Rennwagen Emilie, schleuderte sie einige Meter durch die Luft ...
Sie war sofort tot. Roger musste eingeklemmt in seinem Wrack alles im Seitenspiegel mit ansehen. „Emilie, das wollte ich nicht, das wollte ich nicht. Hätte ich doch bloß auf Dich gehört", schluchzte Roger. Es war Rogers letzte Rennen. Viele Jahre noch bildete er Fahrer im Sicherheitstraining aus, aber seine wichtigste Regel war: „Beobachtet immer den Straßenverkehr, ob als Autofahrer oder Fußgänger, denn die Wagen sind schnell, verdammt schnell!"

Sie wollten nur leben

Wir schrieben das Jahr 1930 in Texas. Randy und Jean
Scott bewirtschafteten eine kleine Farm mitten in der
Wildnis. Außer Rinder und Schafe, hatten sie noch
einige Kleintiere. Viele Jahre lebte das Ehepaar schon
hier und eigentlich waren sie sehr glücklich. Niemand
störte diesen Frieden. Randy und Jean waren noch
recht jung, wollten noch keine Kinder, sondern sich
erst mit der Farm eine Grundlage schaffen. Sie
ernährten sich von dem, was sie anbauten. Die Rinder,
die sie züchteten, wurden zum größten Teil bis über
Texas hinaus verkauft. Der alte Chevrolet, den sie
fuhren, brachte nur noch altersschwache Töne
heraus. Aber sie waren zufrieden und kamen immer
irgendwie in die nächste Stadt. Es war ein sonniger
Nachmittag. Die Arbeit war getan und das Ehepaar
wollte es sich gerade auf der Veranda bequem
machen, da schrie eine Frau jämmerlich: „Holt uns
hier heraus, bitte lasst uns leben!" Das schreckliche
Klagen kam aus dem Maisfeld. „Jean, was war denn
das?", rief Randy Scott. „Ach, der Wind rauscht etwas
heftiger als sonst durch die Felder!", rief seine Frau.
„Nein, nein, es war eine menschliche Stimme",
beharrte Randy auf dem, was er gehört hatte. „Aber
komisch ist es schon, denn eigentlich kann hier keiner
herein. Alles ist gut eingezäunt", meinte Jean. „Na ja,
es kann immer mal jemand durch die Zäune klettern.

Aber recht hast Du schon, ich gehe nachschauen."
Randy durchforstete das Maisfeld, nur, er fand nicht
den kleinsten Hinweis auf eine lebende Person. „ Sie
hat sich da aber gewaltig verhört", dachte er. Kurze
Zeit später vernahmen beide diese mysteriöse
Stimme. Jetzt noch klagevoller und lauter als vorher:
„Bitte helft uns, holt uns hier raus." Die sonst so taffe
Jean, bekam panische Angst. „Wir müssen noch mal
genauer nachsehen Randy", sagte Jean. Sie
durchkämmten das gesamte Maisfeld, doch plötzlich
stolperte Randy über mehrere kleine Hügel von einem
halben Meter Höhe. „Was kann das denn sein?",
fragte Jean aufgeregt. „Sind dir die Hügel, denn vorher
nicht aufgefallen?" Randy schaute sie mit großen
Augen an und sagte: „Nein, Jean, die waren gestern
noch nicht da. Wir werden der Sache auf den Grund
gehen."

Randy buddelte. Nach einer Weile stieß er auf etwas
Hartes. Er schaufelte weiter. Dann legte er Knochen
von mehreren Leichen frei. Darunter waren auch
Kinder. Noch gut erhaltene Kleidungsstücke und eine
Fotografie in einem Medaillon deuteten auf die
Sklavenzeit hin. Das Bild zeigte eine Schwarze. Und
Randy bekam immer mehr die Bestätigung für seine
Vermutung. Eine komplette Familie wurde hier
einfach verscharrt. „Leider ist die Sklaverei immer
noch nicht ganz abgeschafft", sagte Randy. Wo sich
unsere Farm befand, war um 1900 ein riesiges

Gutsherrenhaus. Viele Bedienstete waren dort angestellt, hauptsächlich Schwarze, die als Sklaven gehalten wurden. Konnten sie ihre Arbeit nicht mehr erledigen oder weigerten sie sich, bestimmte Dinge zu tun, erschoss man sie kurzer Hand und verscharrte sie einfach wie Müll. Randy sagte: „Ich werde alle Knochen in ein schönes Grab umbetten. Einen Grabstein werde ich herstellen, auf den ich schreiben werde: Sie schufteten mit Gott im Herzen bis sie starben. Sie wollten ihre Arbeit tun und in Ruhe leben." Das Grab, das die Farmersleute schafften, wurde wunderschön. Und bis heute pilgern Menschen dahin und sprechen ein Gebet. Nie mehr dürfen Menschen der Sklaverei zum Opfer fallen, nie mehr, und nicht einmal in Gedanken. Wir haben alle ein Recht darauf, mit Respekt behandelt zu werden, egal welche Hautfarbe wir haben.

Fünf Stunden Angst

Der Flughafen im Osten Amerikas war immer gut besucht. Er lag auf dem Weg in ein Erholungsgebiet. Heute ist Samstag 11 Uhr 30. Eine Schlechtwetterfront ist zwar angesagt, aber es würde wohl eher vorbeiziehen. Die Kinder spielten freudig im großzügig eingerichteten Flughafen. Das Restaurant öffnete gerade zum Mittagstisch. „Wie immer", sagt Joe zu seiner Frau, „die Kinder wollen Burger!" Plötzlich verschwand die Sonne, es wurde dunkel. Eine riesige, schwarze Wand kam auf sie zu. Furchteinflößend. Von den 16 Grad an diesem Spätherbsttag sank das Thermometer auf -1 Grad. Schneegestöber, Hagel, ein weiterer Temperaturabfall auf -10 Grad. Die grellen blitze waren beängstigend. Die letzte Nachricht aus dem Tower eines großen Passagierflugzeuges war: „Notlandung in 15 Minuten." Danach fiel der Strom aus. Die Notbeleuchtung und die Notausgänge funktionierten. Schreie, ein wildes Herumlaufen. „Mami, Mami!", rief Angela, Joes Tochter. Das Flugzeugpersonal berechnete von Hand den Kurs der Maschine. „Mein Gott", sagt Dean Ricks, „die Maschine wird den Flughafen treffen. Auf der vereisten Rollbahn kann sie nicht bremsen." Dean rannte los, um die Menschen im Flughafen zu warnen und zu evakuieren. Noch 11 Minuten. Es waren jetzt – 17. Grad. In der Flughafenhalle organisierte Dean die

Evakuierung. „Und dann", fragte Joe. „was machen wir im Freien bei der Kälte?" Joe war Stuntman. Er überflog mit seinem Trans-Am mehr als 80 Meter über geparkte Autos. Joe überlegte und hatte eine Idee. Nun rief Joe die Autobesitzer auf, eine Mauer aus Autos zwischen dem Flughafen und der ankommenden Maschine zu bauen. „Denkt an die Kinder!", rief er noch. Einige Menschen folgten dem Flugpersonal ins Freie. Jetzt waren es -19 Grad. „Unmöglich mit T-Shirt!", rief Kathy. „Zurück in das Gebäude!" Joe startete mit 50 Männern und ihren Fahrzeugen zur Landebahn. Dean hatte ihnen vorher die Landebahn angegeben. Noch 8. Minuten bei – 22. Grad. Alle Fahrzeuge wurden quer zur Landebahn aufgestellt. Einige fahren gleich von der vereisten Landebahn in die Wiese, mit mittlerweile 20 cm Schnee, andere starteten erst gar nicht, 2 flüchteten mit ihren Familien Richtung Westen. Die Männer verließen die Fahrzeuge und schlenderten zum Flughafen. Die Fahrzeuge verschwanden im Dickicht des Unwetters. Donnernde Geräusche. Nun müsste die Maschine kommen. Sie war überfällig. Plötzlich schoben sich die Fahrzeuge ineinander, ein Krachen, Turbinenheulen des Flugzeugs, Donnern, Explosionen. Jetzt sah man die riesige Nase des Passagierflugzeuges. Das Fahrwerk, zerbrach. Noch 18 Meter bis zum Flughafengebäude, 15 Meter, 8 Meter, das erste Auto wurde quer durch die Flughafenscheibe gedrückt. Die Menschen schreien, laufen wild umher. Dann wurde es ruhiger, aber es gab keine weitere Explosion. Alle überlebten diesen Horror- Unfall. Verletzte gab es, Aber das heilt. Es ist immer noch Samstag. Jetzt 17 Uhr und die Sonne scheint wieder.

Bärenerinnerung

Es ist ein warmer, angenehmer Tag. Dr. Peter Bender schrieb an seinem Buch. Die Terrassentür quietschte bei jeder Bewegung. Little Jim machte sich wohl einen Spaß daraus. Das kleine Löwenbaby ging immer wieder hinein und hinaus aus dem Haupthaus. Peter störte das nicht, er schrieb weiter an seinen Begegnungen und Geschichten mit den vielen Tieren im National Park. Gerade beschreibt er, wie er einem riesigen Bären gegenüberstand. Er hatte die Pfote gebrochen, um den Hals eine Schlinge und bei jeder Bewegung, zog sie sich weiter zu. Peter hatte keine Betäubungspfeile mehr in seinem Gewehr. Der Bär, ließ ihn ganz nah an sich heran. Er merkte die positiven Schwingungen und das beruhigende Flüstern von Peter. Nun ja, das ist jetzt schon viele Jahre her. Dr. Peter Bender war ein sehr erfolgreicher Schönheitschirurg. Täglich sorgte er dafür, dass die Menschen noch besser und schöner aussahen. Irgendwann saß ein kleines Kätzchen vor der Klinik. Niemand hatte Zeit, außer Bender. Er nahm sich dem Tier an. Er versorgte es. Der kleine Kater war verletzt und Peter Bender spürte, dass der kleine Stubentiger eine gewisse Liebe zu ihm aufbaute. Er wurde nachdenklich. Er überlegte, nicht vielleicht doch in die Tiermedizin zu wechseln. Diesen Gedanken hatte er schon so oft. Das viele Geld und der Ruhm als

Schönheitschirurg, machten ihn nicht mehr glücklich. Er konnte einfach diese verrückten und eingebildeten Leute nicht mehr sehen. Peter Benders Kinder waren durch gute Ausbildungen gut versorgt. Lisa, seine Frau, verstarb sehr früh. Peter wollte einen neuen Weg einschlagen und verkaufte alles, was er besaß. Er kaufte neue Ausrüstungen und welch ein Zufall oder war es etwa eine Fügung? Sein Freund Tierarzt Dr. Jack Lahome gab seine Praxis aus Altersgründen auf. Jedoch suchte Lahome noch eine Herausforderung. Beide bauten schließlich im National Park die Animal Home Station auf. Mit weiteren fünf Helfern versorgten sie sämtliche Wildtiere.

Oft war es ein sehr gefährliches Unterfangen. Gerade kommt Dan zur Station zurück. Mit seinem Jeep umkreist er großräumig das Gelände, um herannahende gesunde Tiere zu entdecken, die auf Beutefang sind und meinen, in der Station einen leckeren Happen zu bekommen. Dan übernahm das Funkgerät. Peter wollte nur kurze Zeit am Wasserfall verbringen. Später dann, wollte er an seinem Buch weiter schreiben. Den Jeep tankte er noch voll und verstaute die Betäubungspfeile. Nun fragte er Dan, wo sich die anderen Freunde befinden. Etwa 15 Meilen entfernt war ein Wasserfall. Es gab keinen befestigten Weg und manchmal mussten Äste und ganze Bäume aus dem Weg geräumt werden. So manche Achse, am Jeep musste aus diesem Grund schon gewechselt werden. Am Wasserfall angekommen, nahm Peter erst einmal ein Bad. Danach beobachtete er mit dem Fernglas einige Affen. Peter amüsierte sich sehr über ihr Verhalten. Er musste sich zwangsläufig an die Katze erinnern, wie sie die Kissen zerlegte, die Schuhbänder aus den Schuhen zog und versteckte. Allerdings bemerkte er nicht, dass er beobachtet wurde. Tatsächlich, bewegte sich im nahegelegenen Gebüsch etwas. Peter war in Gedanken. Denn wenn er richtig beobachtet hätte, so hätte er bemerken müssen, dass große, schwere Stiefel und ein Gewehrlauf zu erkennen gewesen wären. Aber leider achtete er nicht darauf. Immer mehr Gewehre und Stiefel wurden sichtbar. Da waren Wilderer unterwegs. Zu spät bemerkte er sie. Sie saßen auf der Motorhaube seines Jeeps und zerschlugen das Betäubungsgewehr. Peter hatte keine Chance. „Hands up!", riefen die Wilderer. Zu spät. „Was wollt Ihr von mir?", fragte er. „Geld, Elfenbein oder sonstige Reichtümer besitze ich nicht." Vor kurzer Zeit wurden zwei Wilderer gefangen genommen und nun wollten ihre Freunde sie frei bekommen, indem sie versuchten, Peter zu erpressen. Sie wussten, dass er gute Kontakte zum Park Officier hatte. Nur leider merkten die Gauner nicht, dass auch sie beobachtet wurden. Sie waren sich ihrer Sache wohl sehr sicher.

Die Vorräte im Jeep wurden geplündert und Peter gefesselt. Diese heikle Situation wurde weiterhin beobachtet. Dumpfe Schritte und ein Raunen waren plötzlich zu hören. Ein paar schwere Faustschläge und die Wilderer lagen am Boden. Die Hiebe waren so kräftig, dass alle Gauner bewusstlos waren. Peter erkannte ihn sofort. Es war der gerettete Bär mit der gebrochenen Pfote und der Schlinge um den Hals. Die Halsabdrücke erkannte Peter sofort. Die ganze Aktion wurde vom Officer über das Funkgerät mit angehört. Er lokalisierte den Tatort und fuhr mit seinen Leuten los. Der Bär und Peter verabschiedeten sich mit einem Augenzwinkern. Wieder war sich Peter sicher, dass er seine Lebenszeit nur der Gesundheit für die Tiere widmen wollte, aber nicht wieder diesem Schönheitswahn der Menschen.

Bittere Kälte in Kanada

Es war Dezember. In Kanada lag der Schnee
Meterhoch. Die Holzfäller Familie Jack und Hellen
Smith saßen in ihrem Holzhaus, das sie sich mit viel
Liebe vor Jahren aufgebaut hatten, fest. Es war
bitterkalt in diesem Winter. Eine erbarmungslose
Kälte griff um sich. Trotz Ofen und anderen
Möglichkeiten, sich warm zu halten, gelang es ihnen
nicht, der Kälte zu trotzen. Jack fing vor vielen Jahren
an, hier in den Wäldern von Kanada selbstständig zu
arbeiten und Holz zu schlagen. Er musste dann mit
entsprechenden Gerätschaften, die Stämme zur
nahegelegenen Holzverarbeitungsfirma bringen. Das
war immer mit vielen Risiken verbunden, denn wenn
die Maschinen nicht mehr funktionierten, konnte er
kein Geld verdienen. Dies ist in der Vergangenheit
sehr häufig der Fall gewesen.

Die teuren Reparaturen konnten sie sich nicht immer
leisten. Sie lebten quasi von der Hand im Mund und
nichts konnte zur Seite gelegt werden. Ganz schlimm
ist, dass sie sich kaum Vorräte für die Versorgung
angeschafft hatten. Fast alles ist in ihrem Leben ist bis
jetzt schief gelaufen. Jacks Vater übte auch diesen
Beruf aus, konnte aber seine Familie davon sehr gut
ernähren. Hellens Eltern besaßen einen riesigen
Holzvertrieb, den sie aber wegen der schweren
Krankheit des Vaters verkaufen mussten. In diesem

Betrieb lernte sie Jack kennen, der dort als Schreiner arbeitete. Sie nahmen sich vor, in Ottawa zu heiraten und auch dort sesshaft zu werden. Nur alles kam ganz anders. Nun hingen sie in den tiefsten Wäldern Kanadas fest und standen kurz vor dem Erfrieren. Um nicht zu verhungern und um ihren Magen zu füllen, tranken sie warmes Wasser. Jack und Ellen waren der Verzweiflung nahe. Glaubten ihren Verstand zu verlieren. Nein, sie wollten nicht aufgeben. Die Schneestürme fegten über das instabile Dach. Ein Fenster zersprang und noch mehr Kälte kam herein. Hellen Smith, die eigentlich aus den kritischsten Situationen immer noch das Beste herausholen konnte, kapitulierte. Sie kauerten immer enger zusammen. Jack war ein guter Schütze und konnte immer für genügend Fleisch sorgen. Nur jetzt bestand keine Möglichkeit etwas zu erlegen. Bei dieser Kälte hielten die meisten Tiere ihren Winterschlaf und verkrochen sich in ihre Höhlen. An Nahrung war nicht zu denken, zumal Jack nicht in der Lage war, sich für diese Jahreszeit Vorräte anzuschaffen. Die Kälte wurde immer fordernder. Zusätzlich kam durchs Fenster Schnee herein. Was sollten sie nur tun? Kaum, dass sie einen klaren Gedanken fassen konnten, da brach schon der erste Dachbalken ein. Tagelang ging es nun so. Sie hungerten und ihre Glieder waren blau angelaufen. Mit letzter Kraft erinnerte sich Jack daran, dass er noch ein altes Funkgerät im Kellerraum hatte.

Es musste nur wieder funktionieren. Bitte Gott, hilf uns. Wenn ja, könnte sie eine Chance bekommen hier wieder lebend herauszukommen. Wenn nicht, waren sie für immer verloren. Da seine Glieder schon fast starr und taub vor Kälte waren, kroch er auf allen Vieren zur klappe des Kellerraumes. Sie war sehr schwer und er musste seine übriggebliebene Kraft dafür aufwenden. Im letzten Moment, schaffte er es dann doch noch sich in den Keller hinunter zu hangeln Hellen schrie: „Bitte beeil Dich, ich kann nicht mehr." Jack fand das alte, verstaubte Funkgerät. Es musste nur, wenigstens dieses eine Mal noch, seinen Dienst aufnehmen. Die Stürme wurden immer stärker und der Schnee lag meterhoch auf dem Haus und vor dem Hauseingang. Selbst hinaus ins Freie könnten sie nicht mehr. Hellen verlor das Bewusstsein. Der Hunger und die Kälte, haben ihr arg zugesetzt. Währenddessen versuchte Jack sein Bestes und um das Gerät wieder in Gang zu setzen. Er versuchte ein Funksignal, mit der Bitte um Hilfe, abzugeben. Es tat sich nichts und Jack resignierte. Auch er schloss mit dem Leben endgültig ab. Gerade als er versuchte, wieder nach oben zu klettern, vernahm er ein piepsen. Noch sehr unklar, aber man konnte es verstehen. „Hallo, Hallo. Was gibt es?" Er konnte seinen Ohren nicht trauen. Was war das? Doch noch eine Rückmeldung auf seine Hilferufe. Also funktionierte es noch. Er meldete sich nochmal und gab den ungefähren Standort seines Hauses durch. Eigentlich ist das Holzhaus schlecht zu finden, denn auf Grund der damaligen Arbeitslage mussten sie in der Nähe von Jacks Arbeitsplatz bauen. Wieder bekam er Antwort: „Wir tun unser Bestes. Haltet durch. Wir fliegen mit dem Helikopter die Gegend ab. Versprechen können wir allerdings nicht, ob es klappt, denn das Wetter ist sehr schlecht." Hellen kam wieder zu sich und rief nach ihrem Mann, der kurz vor einer Bewusstlosigkeit stand. Der Erfrierungstod stand beiden im Gesicht geschrieben. Warme Decken und ein Ofen, der eigentlich immer das ganze Haus erwärmte, halfen nicht mehr. Ein zweiter Balken knallte auf den Dachboden. Jetzt war es nur noch eine Frage der Zeit, wann der mit Schnee gefüllte Dachboden durchbrach.

Die Dunkelheit brach herein und es bestand kaum noch die Chance auf eine Rettung. Die Sicht, war sehr schlecht, und die Schneestürme nahmen zu. „Jack, hörst Du das auch.", sagte Hellen. Ein Geräusch, als wenn ein Flugzeug ganz nah hier über uns kreisen würde. „Ja", sagte er, „es könnte der Helikopter sein, der uns retten will." Sehr schnell aber, war dieses Geräusch nicht mehr wahrzunehmen. Alle Hoffnung, war verflogen. Ihnen war jetzt ganz klar, dass sie sterben mussten. „Hellen, wir müssen sterben. Es waren schöne Jahre, wenn auch sehr schwere Zeiten manchmal. Auch wenn wir uns gestritten haben, was sehr selten vorkam, so haben wir uns immer wieder zusammengerauft. Bitte verzeih mir, meine Liebe."

Beide glitten in die Welt der tiefen Träume ab, sie merkten nichts mehr.

Jack und Hellen Smith erwachten erst im städtischen Krankenhaus von Ottawa wieder auf. Mit schwersten Erfrierungen konnten sie im letzten Augenblick gerettet werden. Das Holzhaus mussten sie aufgeben und bauten später neu in Ottawa alles auf. Jack ging in seinen alten Beruf als Schreiner zurück und Hellen arbeitet nun in einer Bank. Die kanadischen Wälder waren nie mehr ein Thema für Jack und Hellen Smith.

Das Haus des Herrn Brixx

Jahrelang schon kannte ich das alte Haus in der
Washington Street in New Orleans. Wir wohnten in
der unmittelbaren Nachbarschaft. Ein Loch im Zaun
verband unsere Gärten. Meine Großeltern,
kümmerten sich um das Gärtchen und gaben sich die
größte Mühe, um es in Schuss zu halten. Da dort nur
Obst und Gemüse angepflanzt wurde, übersah man,
dass ich auch noch da war. Wo sollte ich spielen? Es
gab einfach keinen Platz für mich. Doch eines Tages
sah ich ein Loch im Zaun und ich die Gelegenheit war
da, um regelmäßig hindurch zu schauen. Was sah ich?
Einen verwilderten Garten des Ehepaares Brixx. Ein
wenig enttäuscht war ich schon. Das hatte ich
natürlich nicht vermutet. Herrn Brixx nannten meine
Großeltern King des Saxophons. Von meinem Zimmer
aus konnte ich ihn immer spielen hören. Diese Klänge
gingen mir einfach nicht aus dem Kopf. Automatisch
spürte ich ein Kribbeln im ganzen Körper. Ich bewegte
mich im Takt der wunderbaren und für mich
berauschenden Melodien. Aber auch wenn ich in dem
Garten der Eheleute spielte, überkam mich ein Gefühl
der Harmonie. Aber konkret, konnte ich dieses Gefühl
nicht beschreiben. In dem Garten, befand sich ein
Baumhaus und ich konnte von dort oben direkt in das
Musikzimmer der Eheleute Brixx schauen. Immer und
immer wieder, versuchte ich in diesem Haus etwas

Interessantes zu finden. Viele Jahre vergingen und jedes Mal, wenn ich an diesem Haus vorbei musste, hörte ich den alten Brixx spielen. Meine Lieblingsfächer in der Schule, waren Biologie und Physik. Musik lag mir nicht besonders, da ich keine Noten lesen konnte. Da schnitt ich am schlechtesten ab. Mein Berufswunsch war Chemiker in der großen Firma Bel Carbo. Dort war meine ganze Familie, aber auch Mr. Brixx beschäftigt. Alleine vom Saxophon spielen, konnte sich das Ehepaar nicht über Wasser halten. Später studierte ich Chemie an der High School in der Nachbarstadt. Ein Oldsmobile war mein erstes Auto. Der Wagen kostete mich 500 Dollar. Ständig konnte ich neue Roststellen ausmachen, aber die Kiste lief und lief. Einfach, jedenfalls für mich, ein Traumauto. Der Stadtsender "Seven Night Morning" war mein morgendlicher Begleiter. Ohne dort hineingehört zu haben ging gar nichts. Aber wenn ich an dem Haus des Ehepaares Brixx vorbeifuhr, war plötzlich der Sender weg und es ertönte leise Saxophon Musik. Es war fast eine gespenstische Situation. Mein Studium lief ganz gut. Ich legte mir ein Hobby zu, das Baseballspiel... es wurde meine Leidenschaft. Dafür wurde ich nicht in der Musikband aufgenommen, weil ich einfach nicht in der Lage war, mit Noten umzugehen. Nur die Brixx Melodie ging mir einfach nicht mehr aus dem Sinn und ich summte sie ständig nach. Irgendwann ging auch mein Studium zu Ende. Ein leitender Job bei Bel Carbo, war das Resultat meiner Bemühungen. Noch viele Jahre begleitete mich das Oldsmobile. Dann, eines guten Tages, lernte ich dann Beth kennen. Wir verabredeten uns für unser erstes Treffen in Smith's Bar. Mit dieser Frau konnte ich mich über Gott und die Welt unterhalten, einfach über alles. Unsere gemeinsamen Träume nahmen kein Ende. Wir sprachen von einem Haus und wollten auch Kinder haben. Die Zeit verging, doch eines guten Tages, kaufen wir uns ein Haus und einen tollen Wagen, denn schließlich verdienten wir beide genug. Dann wurden Lois und Frank geboren. Das Oldsmobile gab nach fast 800.000 Meilen den Geist auf. Jetzt wurde ein Dodge unser Familienauto. Es wurde mit der Zeit unheimlich. Auch bei diesem Fahrzeug erklang jedes Mal die Saxophon Musik, wenn ein bestimmter Sender eingeschaltet wurde und am lautesten erklang diese Melodie, wenn man an dem Haus des alten Brixx vorbei fuhr Ich wurde nun stutzig, denn die Sender waren alle auf SNM55 eingestellt. Was passierte mit dem Haus des Ehepaares Brixx? Dieses Haus war so sehr in meinen Gedanken, dass ich nie darüber nachgedacht habe, was eines Tages damit geschehen könnte. Irgendwann ging ich wieder in diesen verwilderten Garten. Das Baumhaus existierte nicht mehr. Es war im Laufe der vielen Jahre zusammengebrochen. Nie ging ich weiter. Hinter einer damals kleinen Hecke, mittlerweile einem riesigen Gebüsch, war der Hintereingang. Ich hatte ein komisches Gefühl, denn dieser Eingang stand etwas offen. Was erwartete mich wohl, wenn ich hineinging? Ich wunderte mich über mich selbst, dass ich das nicht schon eher getan habe.

Ich öffnete die Tür und Spinnengewebe kam mir entgegen. Auch war es sehr verstaubt und roch modrig. Wieder spürte ich dieses Kribbeln in mir. Ein Gefühl der Wärme und Vertrautheit. Vorsichtig ging ich die Treppe hinauf. Es zog mich regelrecht in die obere Etage. Ich öffnete ein Zimmer. Es war ein Kinderzimmer. Alles kannte ich irgendwie. Es war schon komisch. Aber ich hätte nie damit gerechnet, dass Eheleute Brixx Kinder in die Welt gesetzt haben. Niemand konnte mir diese Fragen beantworten. Unbenutzt sah das Kinderbett aus. Ich hob die Bettdecke hoch und stellte fest, dass darunter ein Saxophon lag. Es gehörte Brixx. Seine Initialen waren eingraviert. Plötzlich nahm ich, wie in Trance das Instrument und fing an zu spielen. Es war schon eigenartig, denn ich konnte es ja vorher nicht. Stundenlang spielte ich nun die gleichen Lieder, die Brixx immer spielte. Behutsam legte ich das Saxophon wieder weg. Was ist hier los? Was war früher? Wer bin ich? Ich musste unbedingt Nachforschungen anstellen. Das tat ich dann auch. 1912 kaufte Ehepaar Brixx das Haus. Damals war er 35 Jahre alt. Seine Frau 26. 1927 gab es eine Explosion in der Fabrik Nach dem Tod der Eheleute meldete sich kein Erbe. Das war alles, was ich heraus bekam. Nun wusste ich

Bescheid... Stundenlang grübelte ich und mir wurde einiges klar. Ich spielte jeden Tag auf diesem Saxophon und fand zu letztendlich einen Brief unter dem Kopfkissen des Kinderbettes.

Mein geliebter Sohn,

an einem herrlichen Maitag kamst Du 1925 zur Welt. Ich musste sehr viel in der Fabrik arbeiten, weil das Haus noch nicht bezahlt war. Ein Jahr nach Deiner Geburt starb dein Vater. Er wurde nur 49 Jahre. Nach der Explosion in der Fabrik war ich total entstellt. Ich schämte mich. Was sollte werden? Wie würdest Du reagieren, wenn Du mich so siehst? Nein, das konnte ich nicht zulassen. Bitte vergib mir, mein Sohn, dass ich Dich zu den Nachbarn geben musste. Deine jetzigen Eltern konnten keine Kinder bekommen. Bitte verzeih mir nochmals. Jeden Tag werde ich Vaters Schellackplatten spielen. Ich liebe Dich.

Deine Mum.

Die Jukebox

Anfang der 1950'er Jahre trafen sich ein paar Musikfreunde regelmäßig in „Joe's Bar". Im Süden von New York. Es war eine kleine, feine und schlanke Bar. Zur Straße war sie wenige Meter breit und zog sich nach hinten aber weit heraus. Die Theke begann bereits am Eingang. Pete, Joes Sohn, schaute oft, wenn keine Gäste da waren, auf die Straßenlaternen. Wieder an einem Sonntagabend schlenderten die Musikfreunde in die Bar. Seit Ende der 1940'er Jahre trafen sie sich Fred, Ben, Dan und Luzie. Sie waren mit die Ersten, die die Single- Schallplatten aus „Ricki's Musik Laden" erworben hatten. Bei Dan hörten sie oft diese neuen Schallplatten. Aber seine Einzimmerbehausung glich immer einem Schlachtfeld. Dan hatte immer die Ausrede, wegen der Nachtarbeit, nichts machen zu können. An diesem Samstag aber überraschte Pete die Gäste mit einer Jukebox. Drei Single Schallplatten hatte er erworben. Reichlich Platz war noch für weitere Platten. Luzie brachte ihre Freundin Cindy mit. Beide trugen ihr Lieblingspetticoat Kleid. Cindy hatte ihres extra für diesen Samstagabend erworben. Es war mit weißen Punkten versehen. Natürlich waren alle schwer begeistert von der neuen Jukebox. Aber Dan warf auch seine Blicke auf Cindy. Es schien so, als wenn sie Gefallen aneinander finden würden. Die Blicke, wurden heftiger und sie hörten nichts mehr. Die Single der Flamingos, mit dem Titel „I Only Have Eyes For You" tat ihr weiteres dazu. Dan forderte Cindy zum Tanzen auf. Er spürte ihre warme und weiche Haut. Er hatte sehr muskulöse Oberarme und immer blitzblank geputzte Schuhe. Das gefiel Cindy. Er schmiss immer wieder Münzen nach, um das Lied immer und immer wieder hören zu können. Pete machte Spaß und meinte: „Ja, dann ist die Box schnell abgezahlt. Auf eine Münze ritzte Dan die Buchstaben „Ily" ein, für „I love you". Als Mechaniker, hatte er immer einen Schraubendreher in der Tasche. Da traute sich nicht diese Worte gleich am ersten Abend zu sagen.

Er küsste die Münze und warf sie ein. Nur die Jukebox spielte nicht. Die Münze hatte sich verklemmt. Pete nahm eine neue Münze aus der Kasse und warf sie ein. Die Zeit verging und die Gruppe traf sich weiterhin. Dan und Cindy tanzten sich immer wieder in eine Traumwelt. Eines Tages musste Dan einen Auftrag im Ausland annehmen. Aus den geplanten zwei Monaten wurden zwei Jahre. Für die große Liebe war es furchtbar. Die Bar war weiterhin gut besucht und die Freunde trafen sich wie immer regelmäßig. Dan konnte durch seinen Auslandsjob leider nicht mehr dabei sein. Cindy war zwar bei jedem Treffen dabei, aber die Flamingos wurden nicht mehr gespielt. Jeder nahm Rücksicht auf Cindy. An diesem Abend kamen Jack und Stan in die Bar. Jack warf sofort ein Auge auf Cindy. Er verwickelte Cindy in Gespräche über den Rock' n Roll. Charmant machte er ihr Komplimente. Cindy hingegen war nicht interessiert und merkte aber auch nicht, dass Jack harte Sachen in Cindys Glas füllte. Jack hatte immer für alle Fälle etwas dabei. Das Mädchen konnte den hochkonzentrierten Alkohol nicht vertragen. Da Jack mit seinem Auto da war, bot er Cindy an, sie nach Hause zu fahren. Nach dieser Fahrt wurde das Mädchen schwanger, weil Jack ihren betrunkenen Zustand ausgenutzt hatte. Leider musste sie ihn heiraten, da sie noch nicht volljährig war. Sie war sehr traurig. Sie schämte sich und brach den Kontakt zu Dan ab. Was sollte sie ihm denn auch erzählen? Jack entwickelte sich zum Tyrannen und behandelte Cindy wie den letzten Dreck. Sie durfte keinen Mann ansehen, geschweige denn, mit ihm reden. Jack schlug sie und vergewaltigte sie. Wenn sie nicht wollte, drohte er ihr an, ihr den Schädel einzuschlagen. Cindy war mit ihren Gedanken immer bei Dan. Eines Tages stieß Jack Cindy die Treppe hinunter, weil sie sich ihm wieder verweigerte. Das arme Ding war von diesem Tag an querschnittgelähmt. Bald zog Jack aus. Er suchte sich eine jüngere „funktionierende" Frau. Cindy wollte verständlicherweise in dieser Wohnung nicht mehr bleiben und suchte sich eine Wohnung in einem Haus, dass behindertengerecht gebaut war.

Die Zeit verging…

Die Klimaanlage tropfte und es musste ein altes Radio repariert werden. Dan, mittlerweile in die Jahre gekommen, hatte das Reparieren von alten Geräten zu seinem Hobby gemacht.

Dan erfüllte sich endlich einen Traum. Er ersteigerte bei „Darnell's Pawnshop", einem Leihhaus im Westen New Yorks, eine alte Jukebox. Einige Ersatzteile hatte Dan immer im Haus. Es musste der Rahmen gerichtet werden und noch ein paar Dinge. Die Jukebox spielte das alte Lied, auf das er mit seiner Liebsten tanzte. Er war sehr unglücklich und musste weinen. Erst Recht, als er die Münze in der Jukebox mit den eingeritzten Buchstaben"Ily" fand, die sich verklemmt hatte. In die Nebenwohnung war eine behinderte Frau eingezogen und klopfte wie wild an die Wand. Sie rief ganz laut: „Bitte lauter machen, ich kenne das Lied!"
Dan ging herüber und wollte wissen, wer diese Frau war. Als sie ihm die Tür aufmachte, traute er seinen Augen nicht. Seine große Liebe saß vor ihm im Rollstuhl.

„Cindy, Du bist es?" „Ja, leider bin ich gelähmt. Er hatte mich die Treppe hinuntergestoßen."
Er schaute sie lange an und sagte: „Wer schaut schon danach. Ich liebe Dich trotzdem und werde es immer tun, Darling." Sie küssten sich lange.

Die Kraft der Liebe

Jeff war Rettungsschwimmer in Florida am Strand von Sanibel Island. Er hatte einen Körper wie ein Adonis. Sozusagen ein Schönling. Natürlich lagen ihm die Frauen zu Füßen. Darunter auch Emelie. Sie war nicht aufgetakelt, so wie die anderen. Eine natürliche Schönheit war sie. Blond, blaue Augen, damit fiel sie auf. Insgeheim liebte sie Jeff schon lange. Doch der hatte nur Augen für die vollbusigen Mädchen. Emelies Liebe zu dem jungen Mann wuchs und wuchs, immer mehr und immer mehr. Sie studierte Meeresbiologie und hielt sich darum oft am Wasser auf. Eines Tages kam Jeff zu ihr und fragte, was sie hier so mache? Und er hätte sie ja noch nie hier gesehen. Wie denn auch, er sah ja auch nur die anderen. Sie schauten sich in die Augen und in diesem Augenblick geschah etwas Magisches. Sie konnten es beide aber nicht einordnen. Was konnte es gewesen sein, ein Gefühl? Eine Zuneigung? Ihr Versinken in die Blicke wurde durch Schreie unterbrochen. Ein Kind schrie um Hilfe! Es war zu weit ins Meer geschwommen und hatte keine Kraft alleine an den Strand zu schwimmen. Jeff eilte zum Meer, schwamm um Leben und Tod, erreichte das Kind und holte es zum Ufer zurück. Dieses rannte glücklich zu seinen Eltern. Glück gehabt! Überglücklich schaute Jeff dem Kind nach, er wollte aus dem Wasser steigen, plötzlich schoss ein Hai heran, Jeff sah es nicht, mit einem Biss riss der Hai Jeff ein Stück vom Arm ab. Alle schrien wie verrückt. Alle rannten umher, Alle waren sehr aufgebracht. In Windeseile kam Emelie und band Jeff die Verletzung ab. Überall war Blut. Es sah schrecklich aus. Jeff verlor das Bewusstsein. Panik brach aus! Emelie informierte sofort per Handy sämtliche Stellen, um nicht die Urlauber zu gefährden, gleichzeitig hielt sie Jeff eng umschlungen an sich. „Bitte Gott, lass ihn leben... bitte!" Alle Urlauber wurden aufgefordert, sofort den Strand zu verlassen. Mit einem Haiangriff hatte hier niemand gerechnet. Ein Hubschrauber brachte Jeff auf den schnellsten Weg ins Krankenhaus. Das Mädchen ließ alles stehen und liegen und machte sich auch auf den Weg ins Krankenhaus. Sie verzweifelte. Sie betete.

Um Informationen zu erhalten, wies sich Emelie als Jeffs Verlobte aus, aber die Ärzte konnten noch nichts sagen. Jeff schwebte in Lebensgefahr. Zu viel Blut hatte er verloren und eine Blutvergiftung kam hinzu. Er wurde ins künstliche Koma gelegt und es wurde alles getan um sein Leben zu retten. Emelie war nahe an einer Bewusstlosigkeit, sie konnte nicht mehr denken. Der Arzt schickte Emelie nach Hause, denn sie konnte ja doch nichts tun. Sie liebte ihn doch so sehr, das wusste sie. Auch ohne Arm würde sie ihn lieben, das war ihr bewusst. Sie weinte, weinte und weinte. Jeff hatte keine Familie mehr. Seine Eltern waren vor ein paar Jahren durch einen Autounfall ums Leben gekommen und mit der übrigen Familie hatte er keinen Kontakt. Emelie gab die Hoffnung nicht auf, dass doch noch alles gut werden könnte. Tage des Hoffens und des Bangens vergingen... sie betete... Ängste... Wünsche... bis sie einen Anruf aus dem Krankenhaus bekam. "Kommen Sie sofort zum Krankenhaus!" Ein Schreck durchfuhr sie. "Nein... es war alles gut." Sie setzte sich sofort in Bewegung. Als sie das Zimmer betrat, schaute Jeff sie erwartungsvoll an. Emelie trat an sein Bett, nahm seine Hand und sagte: „Ich liebe Dich." Er weinte. Sie küssten sich und der abgebissene Arm war nicht mehr in ihren Gedanken... DIE LIEBE EBEN...

Doppelleben

Rita und John Franklin bewohnten einen exklusiven Bungalow in Texas. John war Schriftsteller. Er schrieb Kriminalromane, die in der ganzen Welt beliebt waren. Sein Büro, in das er sich den ganzen Tag zurückzog, bis auf einige Stunden täglich, die er außer Haus war, lag etwas außerhalb des Hauses… ein kleiner Anbau mit separatem Eingang. Johns Bücher liefen sehr gut. Finanziell waren beide abgesichert. Ja, man konnte schon fast sagen, dass sie reich waren. Seit einigen Jahren gab Rita noch Reitstunden. Das Geld das sie damit verdiente, steckte sie immer wieder in den Kauf neuer Pferde. Die Angestellten, die die Ställe sauber hielten und die Tiere versorgten, mussten auch bezahlt werden. Eines Tages kam John vom Verlag nicht zurück. Er wollte dort einen Vertrag für sein neues Buch aushandeln. Am Abend schellte es an der Tür der Franklins und zwei Ranger schauten Rita mit ernster Miene an. „Sind Sie die Frau von Mr. Franklin?", fragte einer der beiden riesigen Männer. „Ja, die bin ich. Was gibt es denn? Was ist los? Wo ist mein Mann?"… „Wir müssen Ihnen leider mitteilen, dass Ihr Ehemann John schnurgerade vor einen Baum gefahren ist. Wir vermuten Selbstmord. Er war sofort tot."… „Aber warum sollte sich mein Mann umbringen?", fragte Rita. „Er hatte keinen Grund dazu. Uns geht es sehr gut."… „Es muss einen Grund gegeben haben", sagte der Ranger. „Das ist zu viel für mich", meinte Rita Franklin und brach zusammen. Einige Monate dauerte es, bis Rita das Büro ihres Mannes betreten konnte. Ein riesiger Berg Arbeit lag vor ihr. Berge von Akten mussten sortiert und durchgesehen werden. Nie hatte sich die noch relativ junge Frau Gedanken gemacht, was ihr Mann wohl in seinem Büro machte. Wie sollte sie sich in diesem Chaos jemals zurechtfinden? Rita fing an. Angefangene oder nicht zu Ende gebrachte Geschichten, Manuskripte und Notizen. Unterlagen für die Versicherung und vieles mehr. „John hatte einfach keinen Ordnungssinn", dachte sie. Plötzlich stieß sie auf einen Ordner mit der Aufschrift:

Nicht Lebenswert

Was sollte das bedeuten? Sie fing an zu blättern. Sie fand Abrechnungen einer Bar. Belege von anderen diversen Einnahmen und noch viele dubiose Schriftstücke, aus denen sie nicht schlau wurde. Ihr blieb das Herz fast stehen und sie sträubte sich dagegen, dies alles zu glauben. Es war eine Tatsache, dass John Franklin ein Doppelleben führte. Geschickt hatte er vor Rita alles geheim gehalten. Sie hörte nur immer, wenn er sagte: „Ich muss noch einmal in den Verlag, ein paar Unterschriften leisten."
Er war Zuhälter, Barbesitzer und hatte seine Finger im Drogengeschäft. Für Rita Franklin brach eine Welt zusammen. Tagelang lag sie im Bett, wollte nicht mehr

leben. Aber es nutzte alles nichts, sie musste wieder in das Büro ihres verstorbenen Mannes. Rita suchte weiter nach einer Antwort.

Endlich stieß sie auf einen Briefumschlag. Sie machte ihn auf und fing an zu lesen.

Meine geliebte Rita!

Wenn Du das liest, wirst Du verzweifelt und gekränkt sein. Du wirst den Glauben an die Menschheit verlieren und bereuen, dass Du mich jemals geheiratet hast. Aber glaube mir, Rita, ich habe nie gewollt, dass so was passiert. Ich wollte nur ein glücklich verheirateter Schriftsteller sein. Aber es kam anders. Leider war ich an diesem Abend betrunken und habe alles unterschrieben, was man mir vorlegte. Wir suchten eine Nackt-Bar auf. Jeff feierte den Erfolg seines zweiten Buches und der Sekt floss in Strömen. Alle hatten schon sehr viel getrunken und Tom der Wirt setzte sich auch noch dazu. Tom war hoch verschuldet, konnte die Bar kaum noch halten. Er nutzte die Gelegenheit aus und legte mir einen Vertrag unter die Nase, in dem ich mich verpflichten sollte, seine Schulden, seine

Bar und seine Nebenbeschäftigungen zu übernehmen. Da ich nicht mehr fähig war, einen klaren Gedanken zu fassen, unterschrieb ich alles. Das war mein Todesurteil. Ich musste die Bar wieder flott bekommen und Jeffs Schulden abtragen, die in erheblicher Höhe angelaufen waren. Dass ich dadurch auch in krumme Geschäfte verwickelt wurde, konnte ich nicht ahnen. Es tut mir alles so Leid, Rita. Wenn Du diesen Brief liest, werde ich schon tot sein.

Dein John.

Rita Franklin zog wieder nach New York und baute sich von dem Verkauf des Hauses und ihren Ersparnissen ein neues Leben auf. So schnell wie möglich wollte sie alles vergessen. Ein Buch ihres Mannes wollte sie nie wieder in die Hände nehmen.

Ein gemeiner Mord

Ich heiße Sonja und bin 45 Jahre alt geworden. Schade, denn ich hatte das Leben noch vor mir. Als Tochter eines amerikanischen Eisfabrikanten hatte ich nur Luxus im Kopf, wobei ich aber meine Ausbildung sehr ernst nahm. Mein schulischer Werdegang ging sehr zügig voran. Das Studium der Naturwissenschaften machte ich im Handumdrehen. Mit 30, kurz nach dem Studium, lernte ich einen attraktiven Mann kennen. Etwas älter war John und Lehrer am dortigen College. Wir liebten uns sehr. Oft saßen wir abends stundenlang und diskutierten über Gott und die Welt. John war ein sehr gläubiger Mensch und konnte nicht verstehen, dass es so viel Schlechtes in der Welt gab. Wir meditierten jeden Abend miteinander. Ich hatte meinen Dr. Titel in Biologie gemacht und war sehr stolz darauf. Endlich hatte ich die Möglichkeit mit meinem Liebsten nach Texas zu gehen. Dort bekamen wir sofort eine Anstellung an einer Universität. Eigentlich waren wir glücklich, doch eines Abends, als ich von der Uni nach Hause fuhr, folgte mir ein Taxi. Der Fahrer des PKWs wurde immer dreister und fuhr schneller und schneller. Leider war mein Mini schon 10 Jahre alt, sodass ich ihm nicht entkommen konnte. John hatte auch an diesem Abend das Essen gemacht. Dadurch, dass er früher zu Hause war als ich, übernahm er die

Aufgabe. John wartete. Ich kam nicht. Es wurde spät. John fuhr die Strecke ab, die ich immer nutzte um schnell zu Hause zu sein. John fand meine Schuhe am Wegesrand. Ein paar Meter weiter ein abgerissenes Stück von meiner Bluse. Ich musste mich heftig zur Wehr setzen, was mir letztendlich nichts nutzte. Jetzt handelte mein Liebster sofort und rief die Kriminalpolizei an. Es wurde zügig gehandelt und alles in die Wege geleitet. Die Beamten sicherten die Fundstücke. Aber sonst fanden sie nichts. Eine riesige Suchaktion wurde gestartet. Aber auch nach Wochen konnte keiner den Mord an mich aufklären. Als John schon fast den Glauben an die Menschheit verlor, geschah etwas, dass er nicht fassen konnte.

Etwa drei Monate nach meinem Verschwinden klingelte es abends an der Tür. Meine Schwester, die falsche Schlange, stand vor ihm. „Was wollen Sie?", fragte John. Was sie wollte war doch klar. Sie wollte das Geld aus meiner Lebensversicherung. Ich hatte einen sehr fatalen Fehler gemacht, als ich meine geldgierige Schwester als Begünstige in meine Police eintragen ließ. John sagte ihr vor den Kopf, dass er mit ihr nichts zu tun haben will. Er wusste genau wie falsch sie war. Kam uns nur besuchen wenn sie etwas wollte; und ich falle darauf rein. Ihre Mitleidsmasche hatte mich das Leben gekostet. Wochen später wurde meine Leiche gefunden. Man stellte fest, dass ich erdrosselt wurde. Anschließend hat man mich entsorgt wie einen Müllsack. Nur eines fanden sie noch nicht, das Beweisstück, eine goldene Brosche mit Türkise. Abgebrüht wie diese Hexe war, ging sie zur Polizei und fragt nach dem Ermittlungsstand. Sie bekam keine Antwort, sondern machte sich nur verdächtig. Nach ihrem Alibi wurde sie gefragt, da man fast den genauen Todeszeitpunkt ermitteln konnte. In Ausreden war dieses Biest ja nie verlegen. Sie wurde ausgefragt, wie das Verhältnis zu mir denn wäre und noch vieles mehr. Schnell fand die Polizei heraus, dass sie das Geld aus der Versicherung bekommen sollte. Jetzt kam man dem Fall schon etwas näher. Einen dubiosen Freund hatte sie, der auch nichts hatte, sondern ständig Schulden machte. Außerdem war er vorbestraft. Mit so einem Ganoven hatte sie ein Verhältnis, diese Schlampe. Und ich hab' ihn quasi mit unterstützt. Na ja, was soll es, jetzt brauche ich mich wohl nicht mehr darüber aufregen. Jedenfalls gingen die Ermittlungen in meinem Fall weiter. Einige Wochen später klopfte die Kripo an unsere Tür. Es wurde eine Brosche gefunden, sagte zu man John. Wem denn diese gehöre, wollte man wissen. Es kam keine Antwort. John wollte einfach nur seine Ruhe haben. Er war ein gebrochener Mann. Es sollte noch einige Zeit vergehen, bis man darauf kam, dass meine Schwester mich aus Habgier umbringen ließ. Diese Giftnatter hatte es nicht anders verdient. Gut, dass man die Brosche fand, sonst würde ich mich im Grab umdrehen, wie man so schön sagt.

John bekam dann nach langem Hin und Her das Geld
von der Versicherung. Na ja, wenigstens etwas
Erfreuliches.

Jedenfalls hatte ich eine tolle Beerdigung und freue
mich, dass John wieder eine neue Frau hat. Wie
schnell das doch ging. Na, ja was soll's.

Eine amerikanische Liebesgeschichte

Unsere Geschichte spielt in Boston um 1955. Jack Preston war ein sehr gut aussehender junger Mann. Er besaß eine eigene Firma.

Sein Getränkeunternehmen lief wie geschmiert. Ihm und seiner Frau ging es gut. June Warden ging es auch gut. Sorgen hatten sie keine. June war ein paar Jahre älter und arbeitete regelmäßig in der örtlichen Kirchengemeinde und organisierte Veranstaltungen. Beide hatten Familien und lebten nebeneinander. Jack und June waren in ihrer Jugend schwer verliebt ineinander. Aber das Schicksal wollte es anders. Jack Preston lernte Elly kennen. Und June Warden ihren jetzigen Ehemann Dan.

Aber immer dann, wenn sich Jack und June zufällig irgendwo trafen, knisterte zwischen ihnen, wie damals. Sie liebten sich immer noch sehr. Sie nutzten jeden Moment der Begegnung, um sich berühren zu können. Eine Umarmung und ein leises „I love you" kamen dann über ihre Lippen. Jacks Sohn war 5 Jahre alt und die Tochter von June, Cathrin, war elf Jahre alt. Sie nannten sie nur Cat weil sie Naturlocken hatte und es sah aus, als hätte sie eine Löwenmähne gehabt. Cat war ein bildschönes Mädchen. In der Stadt wurde ein kirchliches Fest gefeiert und June und Jack waren für die Organisation zuständig. Sie fuhren gemeinsam dort hin. Da beide Familien befreundet waren, gingen ihre Ehepartner derweil zum Tennis. Um 17 Uhr fuhr Jack seinen Trans Am, sein ganzer Stolz, auf die Straße. June stieg ein, nahm seine Hand und blickte ihn verliebt an. Endlich ergab sich wieder eine Gelegenheit mit Jack allein zu sein. Ein leises „I love you" kam Jack wieder über die Lippen. Während der Fahrt erzählten sie von ihren Kindern. In einem Augenblick, wo beide durch das intensive Gespräch abgelenkt waren, kam ein riesiger Track ungebremst auf sie zugerast. Der Schuh des Track-Fahrers verklemmte sich im Gaspedal. So ermittelte es Sheriff Johnson. Jack und June starben viel zu früh. Aber noch im Tod hielten sie sich an den Händen fest und schauten sich an. Die Zukunft ihrer Kinder konnten sie nicht mehr miterleben.

Boston im Jahre 2000...

John und Cat, blieben in ihrer Heimatstadt. Sie waren allein, da auch ihre anderen beiden Elternteile mittlerweile verstorben waren. Aber ihre Freundschaft war einzigartig. Der Tod der Eltern hat sie eng zusammen geschweißt. Es hätte eigentlich eine wunderbare Beziehung werden können, aber es sollte auch hier anders kommen. John hatte früh geheiratet. Seine Frau starb an Krebs. Er lernte Mary kennen, er mochte sie ja, aber sie war nicht sonderlich intelligent. Mary wollte nur Luxus und verlangte von ihm alles aufzugeben. Er sollte zu ihr an die Westküste ziehen. Der Druck auf John wuchs von Tag zu Tag. Er konnte einfach nicht sein jetziges Leben aufgeben. Das ging nicht. Er würde auch sich selbst aufgeben. Mary hätte es fast geschafft.

Cat wohnte nebenan und John schaute jeden Tag aus dem Fenster. Verstohlen und wehmütig schielte er zu ihr herüber. Cat war sehr traurig, dachte viel nach und grübelte. Sie liebte John, aber leider war er schon vergeben. John öffnete einen Brief. Mary war eine kaltherzige und unberechenbare Frau. Sie stellte ihm ein Ultimatum. Er zerriss den Brief. In diesem Moment blickte Cat zu ihm und schaute ihn mit ihren wunderschönen Augen an. „Hilf mir", sagten diese Augen. Fast war es so wie 1955. „I love you". Plötzlich zuckte John wie vom Blitz getroffen zusammen. Der Geruch, der auf einmal im Raum hing, machte ihn stutzig. Jacks Rasierwasser war deutlich zu riechen und der Duft seiner Zigarre, die er immer mit Inbrunst genoss. Er rief: „Vater bist Du es?" Irgendwas stimmte nicht. John fasste einen Entschluss. Er rannte zu Cat, wollte gerade etwas sagen, aber Cat schnitt ihm das Wort ab. „Du brauchst nichts zu sagen, John. Ich habe gerade meine Mutter gespürt, sie war ganz nah bei mir, als wollte sie mir etwas mitteilen."

Beide packten das Nötigste ein, setzten sich in Johns Lieblingsauto und fuhren Richtung New York. In der Großstadt wurden sie glücklich und waren froh auf ihr Herz gehört zu haben.

Im Schatten des Geldes

Meine Geschichte spielt in New York. In einem kleinen Restaurant, **PLANET HOLLYWOOD**, arbeitete Sara, eine 35 jährige junge Frau. Sie verdiente für sich und ihre Eltern den Lebensunterhalt. Vater und Mutter sind sehr krank, können sich keine Krankenversicherung leisten und sind daher auf Sara angewiesen. Sara beklagt sich nie und nahm aus Angst, ihren Job verlieren zu können, die schlechten Launen der gestressten Gäste und ihres Chefs in Kauf. Eines Morgens ging die Drehtür des Restaurants auf und ein gutgekleideter Mann mittleren Alters kam herein. Er setzte sich an den Tisch und bestellte etwas. Sara schaute ungläubig. Niemals rechnete sie damit, dass solche Leute einen Fuß in dieses Restaurant setzen. In der Nähe gab es Kurierdienste, Taxi-Unternehmen und andere Dienstleistungsangebote... Hektik herrschte in der Straße, die sich auch auf das Schnellrestaurant übertrugen... und nun kommt dieser gutaussehende, überlegene Mann herein und verbreitet eine ruhige Atmosphäre. Leider hatte Sara durch den Stress keine Zeit zu träumen... Als sie kassieren wollte, stellte er sich vor. „Mein Name ist John Breston, ich arbeite hier an der Börse. Man sagte mir, dass das Essen bei Ihnen sehr gut ist, aber hauptsächlich bin ich hier, weil Sie mir schon länger aufgefallen sind." Sara war etwas verlegen, konnte ihre Blicke aber nicht abwenden. „Darf ich Sie morgen Abend zum Essen ausführen?" fragte Breston. Sara antwortete schnell: „Aber ich kenne Sie nicht, wie käme ich dazu? Ich will es mir trotzdem überlegen." Kurz darauf verschwand Breston wieder, legte seine Visitenkarte neben die noch halb gefüllte Kaffeetasse. Warum sollte sie eigentlich nicht mit ihm ausgehen? Seine Art, seine Ausstrahlung und sein Benehmen haben ihr doch sehr gefallen. Sie nahm allen Mut zusammen, rief ihn an und verabredete sich mit Breston. Am späten Abend, nach ihrem Date, rief sie ihn an und sagte: „Es war schön, ich habe den Abend sehr genossen, ich habe mich in Ihrer Gegenwart sehr wohl gefühlt." Von nun an verabredeten sie sich regelmäßig. Mit der Zeit fing sie an ihn zu mögen und er sie auch. Könnte mehr daraus werden? Ihre Kolleginnen im Schnellrestaurant würden es ihr so sehr wünschen, trug Sara doch ein schweres Schicksal, etwas Ausgleich wäre schön.

Doch eines guten Tages kam er nicht mehr. Sara verzweifelte. Hatte sie etwas falsch gemacht? Hatte sie sich falsche Hoffnungen gemacht? Hat er es nicht ernst gemeint? Oder war ihm etwas zugestoßen? Es verging eine Woche, er kam nicht. Sara wurde immer unruhiger... sie verzweifelte... sie hatte Angst um ihn... sie musste etwas unternehmen. Sie fuhr die Hotels und Restaurants ab, in denen er verkehrte, sie fuhr die Börsenplätze und Büros ab. Plötzlich blieb sie vor dem Eingang des Wellington-Hotels stehen, sie traute ihren Augen nicht. John stieg mit zwei Frauen in bester Feierlaune aus dem Taxi aus. Sie gingen in dieses noble Hotel. Aber im letzten Moment konnte John noch erkennen, dass Sara am Eingang stand. Für sie brach eine Welt zusammen! Warum nur! Sie liebte ihn doch! Er sprach doch auch von Liebe! Jedenfalls sagte er es immer. Was ist passiert?

Sara hatte schlimme Stunden... sie verzweifelte... sie dachte an... NEIN! Da waren noch ihre zu pflegenden Eltern... NEIN, sie musste weiter machen, musste an das Morgen denken! Aber auch John erlebte schlimme Stunden, nachdem er Sara im Hoteleingang erkannt hatte, quälte ihn sein Gewissen, er schickte die beiden Frauen zum Taxi zurück... ging in seine Suite... weinte...

Am darauffolgenden Morgen bekam Sara einen Anruf von ihm. Er bat, ja, er bettelte darum mit ihr reden zu können. Sara gab nach und sagte: „Gut, dann komm' heute Abend zu mir." John kam, setzte sich und wusste nicht wie er anfangen sollte. „Sara, ich war ein Trottel. Ich habe unsere Liebe aufs Spiel gesetzt, nur weil ich mich Deinetwegen geschämt habe. Ich habe erkannt, dass geliebt zu werden viel mehr wert ist, als alles Geld der Welt. Kannst Du mir verzeihen?"... „Es fällt mir nicht schwer, John, denn ich liebe Dich wirklich und von ganzem Herzen." Sie umarmten sich,

Tränen flossen... John führte Sara in die Gesellschaft ein, er merkte, was für ein Juwel sie doch gewesen ist, ja, er war und ist sehr stolz auf Sara... Sara und John heirateten.

Sie vergaßen nicht etwa die Vorkommnisse... nein, sie verschwanden durch die aufrichtige Liebe aus ihren Köpfen... fragt man Sara und John heute danach... ... ... sie wissen es nicht mehr...

Im Schweiße deines Angesichtes

Jerry Steed sitzt eines Morgens vor seinem Haus in Oklahoma und wundert sich, dass es immer noch nicht geregnet hat. Seit Wochen herrscht Dürre und seine Frau Donna und er bewirtschaften ein riesengroßes Maisfeld. Von dem Erlös konnten sie immer bisher ganz gut leben. Nur dieses Mal wird die Ernte nicht gut ausfallen. Wenn überhaupt, dann aber so gering, so dass sie nicht davon leben können. Seit Jahren, hatten sie mit Trockenheit in dieser Gegend zu kämpfen, aber dieses Mal war es sehr schlimm. Leon und Bred, ihre Nachbarn, Vater und Sohn hatten mit dem gleichen Problem zu kämpfen. Die Hitze wurde immer unerträglicher. Noch zwei Tage, dann konnten sie die gesamte Ernte abschreiben. Im ganzen Land herrschte Dürre und starke Hitze. Eine Katastrophe bahnte sich an. Selbst die Brunnen trockneten aus und hatten kaum noch Wasser. Das größte Problem war, jetzt nicht mehr die Ernte, sondern der unerträgliche Durst. Auch Wälder brannten. Denn durch die große Hitze wurde der kleinste Funke zum Waldbrand.

Jerry und Donna Steed taten sich mit den anderen zusammen. Sie überlegten was sie tun könnten um sich vor dem Verdursten zu retten. Jedoch viel ihnen keine Lösung ein. Am folgenden Tag klagte Bred über Kopfdruck und Schwindel. Seine Nase blutete und seine Haut verfärbte sich schwarz. Innerhalb von Minuten fiel er um und war tot. Leon, immer noch mit dem Auto unterwegs, musste mit Entsetzen feststellen, dass fast an jeder Straßenecke ein Toter lag. Alle bluteten aus der Nase und ihre Haut war pechschwarz. Was war hier los? Er bekam es mit der Angst zu tun. Warum waren diese Leute tot? Warum bluteten sie aus der Nase und warum war ihre Haut schwarz? Jerry und Donna Steed unterhielten sich. Plötzlich fiel Donna um. Sie blutete aus der Nase und ihre Haut wurde schwarz. Sie war sofort tot. Jerry schrie: „Nein, nein das kann doch nicht sein, Donna, Donna." Er bekam es mit der Angst zu tun. Was ging hier vor sich? Die Hitze, dann an jeder Ecke die Toten, was hatte das eine mit dem anderen zu tun? In der Nähe, auf dem Truppenübungsplatz, war ein heilloses Durcheinander. Wie jeden Monat, fand auch dieses Mal ein unterirdischer Atomtest statt. Nur mit einem furchtbaren Nebeneffekt. Es konnten keine rechtzeitigen Sicherheitsvorkehrungen getroffen werden. Eine furchtbare Katastrophe bahnte sich an. Die radioaktive Verseuchung nahm ihren Lauf. Man konnte es nicht riechen. Man konnte es nicht schmecken, aber man sah, was mit den Menschen und der Natur geschah. Leon und Jerry taten sich zusammen. Leon hatte seinen Vater verloren und Jerry seine Frau Donna. Sie waren verzweifelt. Was konnten sie nur tun? Wen konnten sie nach etwas fragen? Fast alle Leute aus dem unmittelbaren Umfeld waren tot. Leon meinte: „Keiner klärt uns auf. Wir wissen doch alle, dass auf dem Truppenübungsgelände Atomtests stattfinden. Und bisher ist immer alles gut gegangen. Dieses Mal ist eine gewaltige Scheiße passiert Jeff."… „Ich glaube auch, dass diese Idioten uns gewaltig für dumm verkaufen, Leon." Aber wie können wir herausfinden was wirklich passiert ist?

Im TV lief eine Pressemitteilung:

Schon wieder Tote aufgefunden. Unerklärliche Umstände führten zum Tod.

„Wir stehen vor einem Rätsel", so ein Reporter der Times. Aber es wird ihnen versichert, dass alles dafür getan wird, die Sache aufzuklären. Jeff, schaltete den Kasten ab. „Ich bin es leid, diese ständigen Lügen. Immer wird nur vertuscht. Sind wir eigentlich der letzte Dreck?" Leon meinte darauf: „Nur leider können wir weiterhin Rätsel raten." Die Hitze wurde noch unerträglicher. Ein paar Flaschen Wasser hatten sie noch. Was war, wenn diese ausgetrunken waren? Das die gesamte Ernte hinüber war, konnte gar kein Thema mehr sein. Leon und Jeff beschlossen sich zum eigentlich, sehr gut bewachten Truppenübungsplatz, zu schleichen. Irgendetwas musste da im Busch sein. Dort angekommen versteckten sie sich hinter einem

riesigen Busch, um zu sehen, was dort gemacht wurde. „Jerry, siehst Du auch, was ich sehe?", fragte Leon. „Ja, Leon, sie rennen alle aufgeregt durcheinander und tragen Schutzanzüge, die alles bedecken."… „Was denkst Du? Das Selbe etwa wie ich?"… „Ja, Jerry, ich glaube wirklich nicht nur wir, sondern die da hinten stecken ebenfalls bis zum Hals im Mist. Nur mit dem einen Unterschied, dass die genau wissen wie sie sich schützen können."
„Wir müssen dringend der Presse einen Tipp geben. Die Sache muss so schnell wie möglich aufgeklärt werden. Die Dreckschweine, lassen uns einfach in dem Glauben, dass nichts passiert ist."

Am nächsten Morgen kam wieder eine neue Meldung. Wieder sind Tote gefunden worden und niemand konnte bisher die Todesursache herausbekommenen. Leon rief die örtliche Tageszeitung an und erzählte von den Entdeckungen, die sie gemacht hatten. Der Chefredakteur spitzte die Ohren. „Ja", meinte er, „so, wie die gefundenen Leichen aussehen, könnte es durchaus ein fehlgeschlagener Atomtest gewesen sein. Die unglaubliche Hitze hat auch damit zu tun. Wir wissen ja alle, dass jahrelang Tests durchgeführt wurden." „Ich möchte nicht wissen", sagte Leon, „wie viele Tests schon in die Hose gegangen sind." Seine Nase blutete, der er aber keine weitere Aufmerksamkeit schenkte. „Gut", meinte Harry Breston von der Tageszeitung, „ dann will ich sofort etwas veranlassen, denn schließlich ist es eine Frage der Zeit, wann wir auch dran sind." In der Abendzeitung stand in dicker Überschrift:

Ein Atomtest ist schiefgelaufen auf einem Truppenübungsgelände. Eventuelle radioaktive Verseuchung der größeren Umgebung. Schon hunderte Tote zu beklagen. Was wird den Bürgern denn noch alles verheimlicht?

Die Zeitung stand voll. Jerry sagte zu Leon: „Wie geht es Dir?"… „Nicht gut", meinte Leon, „meine Nase hört nicht auf zu bluten und ich fühle mich sehr schlapp."… „Mir geht es auch nicht besonders, ich glaube auch, wir werden sterben", sagte Jerry, „aber wenigstens haben wir versucht etwas Licht ins Dunkel zu bekommen." Am anderen Tag waren auch Leon und Jerry tot. Sie lagen vor ihren Häusern, noch die Tageszeitung in der Hand haltend.

Der atomare Unfall auf dem Truppenübungsgelände wurde aufgeklärt und die Verantwortlichen vor Gericht gestellt. Der Platz wurde gesichert, sodass niemand mehr in die Nähe des Ortes konnte. Die Trockenheit hielt noch einige Zeit an, auch starben noch viele Menschen.

Fazit: Immer noch wird viel zu sorglos in der Welt mit Radioaktivität umgegangen. Die Sicherheit der

Menschheit ist nicht gewährleistet, sodass wir täglich mit Störfällen rechnen müssen, die aber weitgehend unentdeckt bleiben. Leider.

Das Duell

Es war das Jahr 1886. Sheriff Lee
Mc Alister sorgte mit ruhiger Hand
für Recht und Ordnung in der
kleinen Stadt Red City. Der Ort war umgeben von
rotem Gestein. Alles deutete auf Kupfer hin. Trotz
Goldgräberstimmung erkannten einige Bergleute,
dass Kupfer die neue Geldquelle war. Mc Alister war
einst in vielen Krisengebieten tätig und für sein
Durchsetzungsvermögen bekannt. Auch für seine
schnelle Hand war er bekannt. Jedoch suchte er heute
keine Herausforderung mehr. Er wollte nur noch mit
seiner Frau und den drei Kindern seine Ruhe haben.

Oft genug wurde er zum Duell herausgefordert. Aus
der Vergangenheit, steckt ihm immer noch eine Kugel
in den Rippen. Aber irgendwann will er auch diese
Kugel entfernen lassen, sodass keine Erinnerung mehr
an seine turbulente Vergangenheit da ist. Aber Sheriff
Lee Mc. Alister, hatte noch eine Leidenschaft. Das
Schmieden hat ihm sehr viel Freude gemacht. Sein
Vater und Großvater waren Schmied und er selbst
beherrschte dieses Handwerk sehr gut.

Lee richtete sich eine Zelle in seinem Büro ein um
seine Arbeiten durchzuführen. Er entwickelte Sporen
für sein Pferd. Diese Sporen konnten sein geliebtes
Pferd nicht verletzen. Aber er arbeitete an einer ganz

wichtigen Sache, jedenfalls, war sie für ihn sehr wichtig. Er schuf einen Umbau für einen acht schussigen Revolver. Seine Idee war es, einen zweiten Lauf auf der Pistole anzubringen, eine größere Trommel sollte dabei weitere Kugeln mit kleinerem Kaliber fassen können.

Ein zweiter Hahn wurde ebenfalls integriert. Auf diese Weise wollte Lee weitere 4 Schuss Munition zur Sicherheit bereitstellen. Sein erster Prototyp war geboren. Zum Einschießen wollte er in die Berge reiten. Des Öfteren kamen Fremde in der Stadt an. Viele suchten Arbeit im Bergwerk und andere wiederum, eröffneten einen Laden. Kitty, im Saloon, fiel der tiefsitzende Revolver auf, bei den neuen Fremden. Sie war seit 30 Jahren Bardame und hatte einen Riecher für Ärger. Kitty tippte auf Revolverhelden. Sie ging zum Klavier rüber und gab Jimmy ein Zeichen. Die Gäste am Spieltisch durften nichts merken. „Zwei Bier", so der eine. „Schöne Stadt", so der andere. „Auf der Durchreise?", fragte Kitty. Ein kurzes „ja" war die Antwort. Um die Stimmung aufzulockern, spendierte Kitty einen Schnaps. Der eine, schluckte ihn, der andere nicht. Er sagte: „Ich muss einen klaren Kopf behalten." „Wie heißt denn euer Sheriff?" „Mc Alister, Sheriff Lee Mc Alister." „Schick' Deine Bedienung zu ihm, denn er ist in 30 Minuten tot." Kitty tat es und versteckte einen Zettel in Jennys Hand auf dem stand:

Lee, sei vorsichtig, es sind zwei Kerle, die Dich umbringen wollen.

Der Sheriff, blieb ganz ruhig und sagte: „Hat man denn nie seine Ruhe. Warum muss denn das sein?" Seine Frau rannte herbei. Sie wusste schon, was jetzt kam. „Nein, tu' es nicht Lee. Du bist nicht mehr schnell genug, ich habe Angst!" „ Ich bringe sie nur zur Vernunft. Bitte pack schon einmal unsere Sachen zusammen. Wenn das hier vorbei ist, fahren wir in die Berge und fangen neu an." Der neue Revolver war noch nicht eingeschossen. Lee lud ihn. Acht Schuss plus vier extra.

Der eine Revolverheld kam auf die Straße und der andere war verschwunden. Der Sheriff verließ sein Büro und redete mit dem Mann. Dieser rief nur: „Zieh endlich, Du Feigling, gleich bist Du tot."

Lee beobachtete die Augen des Mannes. Er konnte genau abschätzen, wann der andere zieht. Der Abstand der Männer war noch sehr groß. Der Revolverheld zog. Der Sheriff verschoss alle 8 Kugeln. Der Revolverheld brach zusammen und stand nicht wieder auf, er rief noch: „Macht ihn fertig, Jungs!" Zwei weitere Revolverhelden kamen mit gezogenem Eisen aus der Seitengasse. Sie wussten ja, die Trommel des Sheriffs war leer geschossen, ahnten natürlich nichts von den 4 Schuss in Reserve.

Der Sheriff schoss ohne zu zögern seine letzte
Munition ab... 4 Schuss... seine Erfindung hatte das
Leben des Sherriffs gerettet. Er kaufte sich mit seiner
Frau eine Farm irgendwo im Süden und sie lebten dort
mit ihren Söhnen.

Nun erntet er Gemüse, hauptsächlich Bohnen, mit
den blauen Bohnen will er nichts mehr zu tun haben,
den Revolver begrub er auf der Farm, irgendwo im
Wilden Westen.

Balkon zum Jenseits

Aus der Polizeiakte:

... Weiterhin konnte eine Manipulation nicht festgestellt werden. Der Fall ‚Tote auf dem Balkon', Aktenzeichen SD3-OG55SK7, wird hiermit geschlossen. Kriminalkommissar Hans Schemberg, 06.05.2015 Stuttgart.

Ja, dann ist es ja gut, das ist dann wohl die kürzeste Kurzgeschichte, die es je gab. Nun, im Ernst, da steckt viel mehr dahinter. Ich bin Journalistin und recherchiere über Internetmobbing, mein Name ist Beate Dresens vom Kurier. Über diesen Fall wurde viel berichtet, viel recherchiert, nicht nur durch die Kripo, sondern auch vom Bauamt. Aber irgendwie lagen alle etwas daneben. Damit will ich mich nicht größer machen, aber ich entdeckte da etwas.

Alles begann wohl, so meine Recherche, im Juni 2014. Frank Alwendi, ein erfolgreicher junger Manager einer Produktionsfirma hier in Stuttgart, ersteigerte im Internet eine Eigentumswohnung. Man muss sich vorstellen, für 17.000 Euro. Also, ich bitte Sie, liebe Leser, dafür gibt es gerade mal einen Kleinwagen, ohne Bett und Küche. Und fließendes Wasser nur im Motorkühler. Auf jeden Fall war der Haken daran, dass mindestens 125.000 Euro in die Renovierung fließen mussten. Eine neue Tapete und Gips reicht da nicht. Alwendi begann nun mit den Maßnahmen, zunächst der Fußboden und die elektrischen Leitungen. Die Fenster sollten im Zuge mit dem maroden Balkon als nächstes auf dem Plan stehen. Zwischen Balkon und Mauerwerk sah man einen zwei Zentimeter großen und etwa 120 Zentimeter langen Riss. Wasser drang ein, im Winter sprengte das Eis alles weiter auseinander. Der rechte Stahlträger war marode und rostete. In der Firma lief es, wie gesagt, für Frank sehr gut. Bis auf den Tag, an dem die zielstrebige Ilona Meiering vorstellig wurde und ihre Idee verkaufen wollte.

„Es tut mir leid, Frau Meiering, aber wir können mit unseren Kunststoffen Ihre Idee nicht realisieren, sorry", sagte Frank Alwendi. „Na dann vielleicht auf einen Kaffee?", entgegnete Ilona Meiering. Reserviert und doch sehr höflich lehnte der Manager ab.

Heute wurden im Wohnzimmer neue Steckdosen verlegt. Frank hatte es eilig, den Zettel an der Windschutzscheibe steckte er beiläufig ein. Herrlich verchromte Teile ließ er sich einbauen, für mich als Frau war das wunderbare daran, trotz Verchromung, dass man keine Fingerabdrücke sah. Also einen Polizeibericht dürfte ich nicht schreiben, der wäre vier Mal so lang, wie der von Kommissar Schemberg.

Ach ja, der eingesteckte Zettel. „Einen Sekt bei mir heute? Ich wohne unter Ihnen! Liebe Grüße Ilona." Frank ignorierte den Zettel, schließlich würde gleich seine Verlobte Angelika nach Hause kommen.

Die Tage vergingen mit fleißiger Arbeit und Stuck-Arbeiten im Wohnzimmer. Von nun an klemmte jeden Tag ein Zettelchen unter dem Scheibenwischer. Ab jetzt kamen auch Anfragen in sozialen Netzwerken. Ab jetzt wurde Ilona sehr aufdringlich. In der Firma lief es weiterhin gut. Frank Alwendi sollte die Werksprodukte in China vorstellen, auch die Staaten waren sehr interessiert. Der Manager war durch seine Kompetenz, sein Benehmen und Aussehen bestens geeignet dafür. Ach ja, Angelika war die Tochter vom Chef, das musste ich noch erwähnen. Aber ich finde auch, dass Frank gut aussieht. Ich dürfte wirklich keinen Polizeibericht schreiben.

Ein lange vergessenes Urlaubsbild sorgte dann für schlechte Laune. Ein Strandbild mit Svenja, das vor etwa drei Jahren aufgenommen wurde. Angelika und Frank waren seit zwei Jahren ein Paar. Svenja war eine Urlaubsduselei. Nur, auf dem Foto, war jetzt Ilona zu sehen, lediglich der Kopf, man wusste ja, was mit der Bildbearbeitung so alles möglich war. Zunächst war das Bild in den Netzwerken. Frank schaute nur gelegentlich hinein, aber die fast 2.600 User sahen und teilten es.

Die Wohnung wurde für den Einbau eines Kamins vorbereitet. Frank sicherte die Balkontür mit einem Kindergitter ab. Jetzt konnte die Tür offenstehen, ohne dass der kleine Paul, Angelikas Sohn, auf dem maroden Balkon in Gefahr kam.

Frank sah, dass der Eisenträger fast durchgerostet war, jetzt wurde es höchste Zeit für Erneuerung. Das manipulierte Urlaubsbild hing am anderen Tag an allen Bäumen in der Straße, klemmte an Autos, ja, es drang bis in die Firma vor, auch zu Angelika. Frank öffnete seine Seite im sozialen Netzwerk und sah die Bescherung. Das Konto war gehackt. Ilona führte praktisch einen Liebesdialog mit sich selbst in Franks Account. Löschen nutzte nichts mehr, der Schaden war zu groß. Angelika trennte sich von Frank, die Firma kündigte fristlos mit dem Grund:

„Herr Frank Alwendi ist für die Firma Deg... und Co KG untragbar geworden."

Es begannen Depressionen bei Frank Alwendi, sozialer Abstieg und Geldnot, aber das Stalking ging weiter. Frank versäumte es einfach, die Kripo einzuschalten. Der ehemalige Top-Manager war am Ende.

Die ersten sonnigen Tage im April 2015. Ilona sonnte sich auf ihrem Balkon, es war Sonntag. Sie schlief ein, bemerkte den feinen Staub nicht, der von oben wehte, vom oberen Balkon. Dort nahm Frank eine

Eisenstange der Monteure und drückte den maroden Balkon langsam und mit aller Kraft aus der Verankerung.

Wie oben im Polizeibericht zu lesen war, konnte Kommissar Schemberg nur einen traurigen Zufall erkennen und keine weiteren Spuren finden.

Eine junge Frau war scheinbar im falschen Augenblick am falschen Ort. Aber aus meiner Sicht, natürlich subjektiv gesprochen, trug sie selbst die Schuld daran.

Die Puppe

Einen richtig tollen Urlaub erwartete Familie Weber in diesem Sommer auf der Insel Sylt. Heinz-Peter Weber hatte bereits im letzten Jahr gebucht. Die sieben Tage waren wunderschön und ein Wiederkommen zwingend angesagt. Tüchtig gespart hatten die Webers, jetzt konnten sie sich eine Ferienwohnung für 89 DM leisten. Der Sommer 1974 war sehr heiß. Den Ford Taunus ließ der Vater gleich auf dem hauseigenen Parkplatz der Ferienwohnung stehen. Mit weißen Handtüchern deckte Mutter Hilde das schwarze Armaturenbrett und das Lenkrad ab. Im heißen Sommer vor zwei Jahren hatte das Armaturenbrett Risse bekommen. Heinz-Peter ärgerte sich sehr über diesen Schaden. Nun, eigentlich tut dies alles nichts zur Sache. Aber dies: Marion hatte ihre Lieblingspuppe am Strand verloren. Die ganze Familie suchte den Strand in Westerland ab. Dabei wollte Marions Bruder Marius lieber am Strand eine Sandburg bauen. Vater und Mutter einigten sich, dass es besser sei, eine neue Puppe zu kaufen, als einen so herrlichen Tag mit Suchereien zu vergeuden. Gesagt, getan. Jetzt hatte Fräulein Susi, wie Marion ihre neue Puppe nannte, allerdings blonde Haare. Fräulein Susi mit den roten Haaren wurde bei Flut mit ins Meer gezogen.

Sie trieb direkt auf England zu. In Schottland, in der Nähe des Loch of Strathbeg, wurde die Puppe an die Küste gespült. Viele Vogel-, Insekten- und Säugetier-Arten sind hier beheimatet. Recht eigenartige Geschöpfe wollen Menschen hier schon gesehen haben. Aber Fräulein Susi hatte natürlich keine Angst. Zwischen zwei Felsen wurde die Puppe eingeklemmt. Leider hatte sie ein Auge verloren. Ein Organismus nutzte diese Gelegenheit und schlüpfte in die Puppe.

Es dauerte gut und gerne 25 Jahre, bis etwas Eigenartiges passierte. Fräulein Susi bewegte Arme und Beine. Der Organismus formte seinen Körper in der Puppenhülle. Irgendwann befreite sich Fräulein Susi und schwamm in die Nordsee zurück, von dort aus in den Ozean in Richtung Amerika. Dabei paddelten Arme und Beine tüchtig. Das fehlende Glasauge ersetzte der Organismus durch sein eigenes Auge.

Über zehn Jahre war Fräulein Susi unterwegs, bevor die Reise am Strand von Boston endete. Jane Cormick joggte an diesem Tag am Strand. Ihr fiel die Puppe auf dem weißen Sand auf und sie nahm sie für ihre Tochter mit nach Hause. Tochter Jennifer freute sich riesig über das Geschenk der Mutter. Jetzt war der Name der Puppe Mrs. Lovely. Jeden Morgen wunderte sich Jennifer, dass Mrs. Lovely in der Nähe des Fressnapfes ihres Hundes lag.

Langsam wurde der Kunststoffkörper der Puppe spröde und riss an vielen Stellen. Eines Nachts schlüpfte der Organismus aus der Puppe. Jennifer hielt Mrs. Lovely beim Schlafen fest im Arm. Der Organismus bestand aus einer schleimigen Masse. Über Jennifers Mund kroch er in ihren Körper. Zwei weitere Jahre vergingen. Jennifers Körper veränderte sich in dieser Zeit. Das nun neunjährige Mädchen war die Beste im Schwimmunterricht. Ihre Wirbelsäule wurde immer elastischer.

Die Ärzte verstanden diese ganzen Symptome nicht. Jennifer konnte über zwei Liter Flüssigkeit am Stück trinken und musste keine Luft dabei holen. Ihre Bewegungen an Land wurden schlangenartig, im Wasser fühlte sich das Mädchen sehr wohl. So oft es ging, saß Jennifer am Strand und beobachtete die untergehende Sonne. Ihren Eltern lief immer ein kalter Schauer über den Rücken, wenn Jennifer davon sprach, dass sie irgendwann einmal für immer im Meer leben würde. „Bald werde ich Euch verlassen müssen. Ich liebe Euch. Aber das Meer ruft mich. Bitte versteht mich."

Monate vergingen. Es war ein herrlicher Tag am Strand in der Nähe Bostons. Alle lachten und waren fröhlich. Plötzlich stand Jennifer auf. Sie sah auf das Meer, ging langsam darauf zu und drehte sich noch einmal zu ihrer Familie um, um ihnen ein Küsschen zuzuwerfen. Dann tauchte sie ins Meer ein.

Noch ehe Jennifers Familie alles realisieren konnte, verschwand die Tochter in den Weiten des Meeres. Eine sofort eingeleitete Suchaktion der Wasserschutzpolizei brachte keinen Erfolg, Jennifer blieb verschollen. Eines Tages erhielten die Eltern von Jennifer eine Mail aus Schottland: „Hallo, wir haben gestern einen menschenähnlichen Körper am Strand gesichtet. Das Gesicht sah wie das Ihrer vermissten Tochter aus. Glauben Sie uns, wir haben nicht geträumt. Statt Armen und Beinen hatte der Körper Flossen am Körper. Das Wesen schaute uns an und verschwand wieder im Meer."

Der Tod lauert in Texas

Texas 1867 - Die Luft war erdrückend und schwül. Seit Wochen gab es keinen Regen. Die Trockenheit vernichtete Ernten und entwässerte viele Seen und Brunnen. Besonders die Farmer und Rancher litten darunter, denn auch die Tiere vegetierten nur noch dahin, da das Wasser rationiert werden musste. Eigentlich stand Texas kurz vor der Vernichtung. Die kostbare Flüssigkeit reichte nur noch für einige Tage. Dann müssten die Menschen und Tiere über Transporte aus der Luft und den Lkws versorgt werden. Harry Sleet besaß eine kleine Farm im Norden von Texas. Ein paar Pferde und Schweine und ein kleiner Acker, auf dem er etwas Gemüsemais pflanzte, waren in seinem Besitz. Er ackerte Tag und Nacht, um die Tiere und das Land zu versorgen. Seine Frau war krank. Eigentlich war sie immer gesund, aber Mary Sleet fiel eines Tages in einen tiefen Schlaf, aus dem sie tagelang nicht erwachte. Danach war nichts mehr so wie es war. Mit ihren 40 Jahren war sie immer eine lebenslustige Frau. Harry war etwas jünger, aber die Arbeit auf der Farm und die Sorgen um seine Frau ließen ihn innerhalb von Wochen zu einem alten Mann werden. Mary Sleet konnte, nachdem sie aus dem tagelangen Schlaf erwachte, nicht mehr sprechen. Sie starrte nur noch vor sich hin und murmelte ab und zu ein paar unverständliche

Worte, die sich etwa so anhörten: „Gnatnom Schotuum eflire som." „Was konnte sie nur meinen?", dachte Harry Sleet. Er wollte sich aber nicht lange damit beschäftigen, denn die Arbeit war ihm wichtiger. Die Hitze wurde immer unerträglicher und das Wasser wurde knapp, sehr knapp.

Steve Hendrix war der Sheriff in der Gegend und fuhr ständig umher, um wieder verdurstete Menschen und Tiere von den Straßen holen zulassen. „Unglaublich was hier passiert", dachte er und versuchte mit der Zunge seine Lippen anzufeuchten. Doch plötzlich stand ein Mann vor ihm. Wie aus dem Nichts erschien er ihm. Groß, elegant gekleidet, eine perfekte Aussprache ohne Akzent. Aber er hatte einen ganz eigenartigen Glanz in seinen Augen. Der Sheriff dachte sich aber weiter nichts und fragte ihn: „Was kann ich für Sie tun, Mister?" Der Mann schaute ihn mit seinen durchdringenden Blicken forschend an. Nun sprach er ruhig und gelassen: „Ich will mich hier auf diesem Planeten umschauen." „Aber das tun sie doch gerade, mein Freund, oder irre ich mich da?"

Der Mann antwortete nicht sofort. Doch dann sprach er in einer dem Sheriff unbekannten Sprache: „Gnatnom, Schotuum, eflire som!" Er wurde wütend und schrie diese Worte quasi heraus: „Wir brauchen Eure Ressourcen und euer Wasser für unsere Planeten. Siranus und Runos sind am gefährdetsten.

Wir trocknen aus. Unsere Atmosphäre ist nicht mehr zum Atmen geeignet. Alle Lebewesen sterben aus. Und wenn wir sehen, wie ihr mit euren Ressourcen umgeht, könnten wir platzen vor Wut. Aber wir werden Schluss damit machen. Wie Ihr schon gemerkt haben solltet, ziehen wir Euch langsam den Sauerstoff ab und auch das Wasser zum Trinken."

„Aber warum?", fragte der Sheriff. „Unschuldige Menschen werden sterben!" „Darauf können wir keine Rücksicht nehmen. Wir haben auch auf der Erde schon Verbündete, die uns regelmäßig mitteilen, was hier passiert." Steve Hendrix war verzweifelt. Wer sollte ihm glauben, was er gerade erlebte? Der feine Herr verschwand so schnell wie er gekommen war. Die Sonne brannte erbärmlich und der Durst zerrte am Verstand des Sheriffs. Auf dem Weg zurück schaute er bei Harry und Mary Sleet vorbei. Er klopfte an. „Hallo Harry", sagte Steve völlig durch den Wind. „Wie geht es Deiner Frau?" „Sie spricht immer noch nicht und wenn dann nur unverständliche Worte." Mary Sleet betrat das Zimmer und schaute den Sheriff mit durchdringendem Blick an. Sie sprach die Worte, die er zuvor von dieser Person auf der Landstraße zu hören bekam. „Gnatnom schotuum eflire som." Übersetzt heißt es: „Seid auf der Hut, wir sind schon hier." Der Polizist sagte nichts mehr, sondern setzte sich, wurde kreidebleich und verlangte einen Schluck Wasser, den er mit Müh und Not bekam. Das Wasser der Brunnen war fast versiegt und die Tiere starben eines nach dem anderen. Tote lagen auf den Straßen und das Elend war nicht mehr aufzuhalten. „Diese Worte", sagte der Sheriff, „habe ich heute schon gehört, von einem großen Menschen, der sehr elegant gekleidet war. Er sprach unsere Sprache und fügte diese Worte, genau diese Worte, hinzu. Er drohte mir. Er sagte, dass der Sauerstoff langsam der Erde entzogen wird und das Wasser zu zwei Planeten transportiert wird, auf dem es langsam aber sicher keinen Sauerstoff und keine Möglichkeit mehr gibt zu überleben. Mary Sleet konnte plötzlich wieder sprechen, aber es war nicht ihre Stimme: „Wenn Ihr schlau seid, kommt mit. Kommt auf unseren Planeten, gebt uns die Chance mit eurem Wasser und dem Sauerstoff wieder Leben aufzubauen. Bitte kommt. Unser Raumschiff steht in drei Tagen über Texas und ihr habt die Möglichkeit, mit uns zusammen etwas zu verändern. Eure Welt existiert bald nicht mehr und die Menschen sind dumm und selbstsüchtig. Sie haben alles zerstört." Harry, Steve und Mary, aber auch viele andere Menschen, die bis zum Eintreffen des Raumschiffs überzeugt werden konnten, hatten sich zusammengetan, um den Planeten zu verlassen. Als das Raumschiff eintraf und über Texas stand, wurden diese Leute hinein geholt und reisten innerhalb kürzester Zeit zu einer fernen Welt. Denn irgendwann würde es nicht mehr möglich sein, die Erde zu verlassen. Wir werden verlieren. Der Mensch wird lernen müssen, dass Sauerstoff, Wasser und

Nahrung ein Geschenk sind, mit dem er sorgsamer umgehen muss, damit unser Globus nicht in der unendlichen Dunkelheit des Universums verschwindet.

Mit den Waffen der Zukunft

„Vermisst Du Deinen Job?", fragte
Lydia ihren Ehemann. „Liebes, ich bin gern hier auf
der Farm. Die Arbeit ist ok", antwortete er. Er, das war
der berühmte US-Marshal John W. Cobb. Lydia bohrte
nach: „Ich möchte wissen, ob Du zurück möchtest?
Willst Du wieder in Deinem alten Job arbeiten?" „Ja,
eigentlich schon", flüsterte John. 3 Wochen später
machten sie sich auf die Reise, in die Welt von Recht
und Ordnung. Recht und Ordnung, das verkörperte
Marshal Cobb in verschiedenen Städten der USA.
Nach einer Schussverletzung gab er den Job auf und
übernahm eine Farm. Diese führt nun Pedro weiter.
Pedro ist Freund und Vorarbeiter der Cobbs. Bis die
Cobbs einmal zurückkommen, wird Pedro sein Bestes
geben.

Der Weg der Cobbs führte nach Colorado Springs. Hier
kannten die Einwohner Marshal John W. Cobb nicht.
„Ich bin froh, dass Du mir das ermöglicht hast",
seufzte John.

„Was ist das dort am Himmel für ein heller Stern?",
rief John. Beide sahen einen hellen Punkt am Himmel.
Sie waren in der Wüste, niemand sonst sah es.
Plötzlich begann das Objekt zu taumeln. Jetzt sah man

eine lange Rauchfahne. Das Objekt stürzte in der Wüste ab. Die Cobbs stiegen aus ihrem Planwagen, sattelten die Pferde und ritten zur Absturzstelle. Sie glaubten an einen Kometen. Nach 10 Minuten trauten sie ihren Augen nicht. Eine etwa 20 Meter im Durchmesser große silberne Tonne lag qualmend im Wüstensand. Sie standen nun direkt davor. Plötzlich öffnete eine Tür. Starker Rauch trat aus. Mit letzter Kraft rettete sich ein Wesen ins Freie. Es war sehr schwer verletzt. Der Kopf war größer als die der Cobbs. Auch waren die Arme länger und dünner. Unerschrocken nahm Lydia das Wesen in den Arm. John holte die Feldflasche und gab dem Wesen Wasser. Das Wesen tippte mit seinem Finger auf einen Schalter. Ein Kästchen trug es am Handgelenk. John legte seine Hand auf seinen Colt, der im Halfter steckte. Er wusste schließlich nicht was passieren könnte. „Gotsch net worm", sagte das Wesen. Mit 2 Sekunden Verzögerung kam aus dem Kästchen: „Ich komme in Frieden. Seid gegrüßt." „Wer bist Du? Woher kommst Du? Was bist Du? Was ist das für eine Tonne? Wie kommst Du in den Himmel?", wollte Lydia wissen. Über das Kästchen, was ein Übersetzer war, kam die Antwort: „Ich komme von einem weit entfernten Sonnensystem. Ich beobachte Euch schon lange. Meine Vorfahren waren schon vor langer Zeit bei den Menschen. Mein Raumschiff ist defekt. Ich dachte, dass ich bei Euch noch eine Bleibe finden würde. Aber nun ist meine Verletzung zu groß. Nehmt dieses Krysilium. Es ist hochexplosiv und hat die hundertfache Wirkung als Dynamit. Verratet aber nichts." Danach starb der Außerirdische. Die Cobbs begruben ihn und schaufelten Sand über das Raumschiff.

Jetzt fuhren sie mit dem Planwagen nach Colorado Springs. Dort angekommen, verschafften sich Lydia und John zunächst einen Überblick. In der Bank gaben sie das Gold ab und tauschten es gegen Dollar ein. Danach wollten sie ins Hotel. John wollte seine Identität noch nicht verraten, er dachte eher an einen Job als Hilfssheriff. Damit wollte er vermeiden, dass rachesuchende Ganoven ihn suchen würden. „Suchen Sie eine Bleibe für Ihre beiden Pferde?", fragte ein Junge. „Für einen viertel Dollar sorge ich dafür, dass die Pferde Futter erhalten, striegele sie und der Planwagen wird gut untergestellt."

„Wer bist Du denn?", fragte John. „Pedro, ich bin Pedro. Ich sorge für meine Familie", antwortete der Junge. John gab ihm einen ganzen Dollar und sagte: „Mein Name ist John Cobb. Wo lebt Deine Familie?" „Mr. John, Sie finden meine Familie, mich und Ihren Planwagen am Ende der Straße auf der rechten Seite", so Pedro und fuhr mit dem Planwagen los. Im Hotelzimmer überlegten Lydia und John ihre weitere Vorgehensweise. John besorgte danach eine gute Ausrüstung zur Verteidigung. Lediglich seinen Colt nahm er mit. Die Gewehre blieben bei Pedro auf der Farm. „Na, damit können Sie ja Sitting Bull alleine besiegen", lachte der Verkäufer des Geschäftes, in dem es einfach alles gab. „Ja sicher, ich hörte, dass der Wilde Westen ganz schön wild sei. Ich nehme noch eine Tüte Lutscher", sagte John. Auf der Straße traf er Pedro. „Hier habe ich Süßes für Dich und Deine Freunde." „Können Sie meinem Vater helfen?", fragte Pedro. „Später, mein Junge, später."

In Colorado Springs eröffneten immer mehr Saloons. Es floss viel Alkohol, der ein oder andere Tote war zu beklagen. Viele Familien zogen von Norden nach Süden, von Osten nach Westen, es war der Goldrausch, der alle in seinen Bann zog. Glück und Unglück lagen nahe beieinander. Der Sheriff der Stadt hatte viel zu viel zu tun. Die Zeit verging.

In 4 Wochen erwarteten die Cobbs ihr erstes Kind. „Wird es ein Mädchen, könnte es Betty heißen, wird es ein Junge, dann Jeff", sagte John begeistert. Lydia darauf: „Wie wäre es mit Joe oder Elizabeth?" „Ist in Ordnung. Hauptsache gesund", so John. Es wurde dann doch ein Joe. Beide nahmen sich in den Arm und waren glücklich.

Lydia fand eine Anstellung im Kolonialwarengeschäft Smith & Co. John wurde zunächst Viehtreiber, ein echter Cowboy also. Es war als Cowboy ein harter Job. John beobachtete natürlich mit wachem Auge, was in der Stadt passierte. Nun, er war eben US Marshal. Abends sprachen die Eheleute dann über ihren erlebten Tag. „War Joe brav heute?", fragte John. „Sehr sogar. Wenn alle so brav sein würden. Du bist ja auf der Ranch. Aber hier in der Stadt wird es immer gefährlicher. Es entsteht ein richtiger Bandenkrieg", mit ängstlicher Stimme sagte Lydia diese Worte. „Und der Sheriff? Kommt er noch zurecht?" „Nein, die Übermacht ist zu groß."

In der Freizeit arbeitete John auf dem Hof von Pedro an seinem Colt. Er baute eine größere Trommel ein. Jetzt hatte der Revolver neun Schuss. Für die letzten drei Patronen verwendete er Krysilium. Nur eine Winzigkeit sorgte für eine Explosion, ähnlich wie viele Stangen Dynamit. Die Trommel ließ sich leicht entnehmen, eine gefüllte Ersatztrommel hatte John immer in der Tasche. Aber er hatte noch mehr vor, aber alle Arbeiten kosteten sehr viel Zeit. „Mr. John, darf ich Dich etwas fragen?", so Pedro. „Natürlich, mein Junge. Was bedrückt Dich?" „Mr. John, es geht um meinen Vater. Er ist von einer Bande verschleppt worden. In einer Mine muss er arbeiten. Der Sheriff sagt, er wäre in Omaha. Aber dort sei er nicht zuständig. Mr. John, kannst Du helfen?" „Ich werde Dir und Deiner Familie helfen. Ihr habt mir und meiner Frau geholfen. Bei Euch ist Joe geboren worden und Ihr passt gut auf mein Kind auf. Ich verspreche, ich helfe Dir. Übrigens, verrate aber nichts, ich bin US Marshal."

Abends besprach John alles mit seiner Frau Lydia. Lydia hatte schlechte Nachrichten. In zwei Tagen erscheint hier in Colorado Springs die Stanton-Bande. Der Sheriff mobilisiert gerade Helfer. Aber wer wird schon mit Revolverhelden fertig? „Lass' mich überlegen, Lydia. Bleibe du an dem Tag im Geschäft und lasse Dich nicht auf der Straße sehen. Unser Joe ist bei Pedro gut aufgehoben. Schlafen wir jetzt", beruhigte John seine Frau.

John nahm sich für den besagten Tag frei. Er hatte so gute Arbeit geleistet, dass der Rancher Cliff Dorn ihm gern diesen Wunsch erfüllte. Morgens brachten Lydia und John ihren Sohn zu Pedro. Lydia ging normal zur Arbeit. Vor dem Laden stand eine Bank. John setzte sich mit einer Zeitung darauf und beobachtete alles. Der Sheriff war sehr nervös. Er verteilte seine Helfer. John erinnerte sich gern an seine Deputys. Wenn er jetzt die Truppe hätte... aber die war 200 Meilen entfernt. Plötzlich kam ein Reiter und rief: „Sie kommen! Bringt Euch in Sicherheit! Sie kommen!"

Eine dramatische Situation entstand. Der Sheriff stellte sich wagemutig mitten auf die Straße. „Das ist ja Wahnsinn", dachte sich Marshal John W. Cobb. Die Bande ritt in die Stadt ein. Angeführt von Bill Stanton. Fünfzehn Männer saßen bis an die Zähne bewaffnet auf ihren Pferden. Die Bewohner von Colorado Springs versteckten sich. Zwei Helfer des Sheriffs hatten die Hose voll und liefen einfach in die Kirche. „Wie ist die Lage, John?", flüsterte Lydia durch die etwas geöffnete Ladentür. „Die Bande fühlt sich sehr sicher, sie haben sich nicht verteilt. Ich hoffe es sind nicht mehr. Ansonsten… fünfzehn auf einen Streich."

Immer näher kam die Bande. Mit ihren Revolvern und Gewehren zielten sie auf Fenster und Türen. Sie schossen nicht, aber verbreiteten so Angst und Schrecken. Jetzt ritten sie an John vorbei. Mit der Zeitung verdeckte er seinen umgebauten Colt. Nun standen die fünfzehn Männer vor dem Sheriff. John war in ihrem Rücken. „Mach' Dich aus dem Staub, Sheriff. Wir übernehmen die Stadt", befahl Bill Stanton. „Ich verhafte Euch im Nehmen des Gesetzes", antwortete mutig der Sheriff. Die Männer positionierten sich nebeneinander vor dem Sheriff. Langsam erhob sich Marshal John W. Cobb und suchte Schutz vor einem Pfosten. Lässig lehnte er sich daran, aber mit der Hand am Colt. „Ihr habt gehört, der Sheriff hat Euch etwas gesagt. Ich sage hiermit, legt die Waffen nieder." Drei Männer drehten ihr Pferd in Richtung Marshal. „Wer sagt das?" „Mein Name ist Marshal John W. Cobb und nun runter mit den Waffen."

Die Männer zogen ihre Revolver. Der Marshal war klar schneller. Noch drei Schuss waren offiziell in der Trommel. Bill Stanton schoss auf den Sheriff.
Am Boden liegend erschoss dieser zwei Männer. Dann traf ihn eine weitere Kugel. Jetzt drehten sich zehn Männer zu Marshal Cobb. „Was war noch, Großmaul? Was willst Du mit Deinen drei Kugeln ausrichten?", so Stanton. „Ich warne Euch ein letztes Mal, Waffen fallen lassen", so der Marshall. „Macht ihn fertig!", schrie Stanton. Noch ehe die Bande ihre Kanonen ziehen konnten, erschoss der Marshal mit den drei Kugeln Bill Stanton, danach schoss er mit den Krysilium-Patronen in die Mitte der Bande. Die heftigen Explosionen warfen die Männer von den Pferden. „Nun noch einmal, ich verhafte Euch im Namen des Gesetzes", sagte der Marshal mit ruhiger Stimme, dabei setzte er die nächste gefüllte Trommel ein. Jetzt kamen die Helfer des Sheriffs aus ihren Verstecken und brachten die Überlebenden ins Gefängnis.

Der Sheriff wurde verarztet. Noch lange Zeit erzählten sich die Bürger von Colorado Springs dieses Duell. „Ich bleibe solange mit meiner Familie in der Stadt, bis Sie gesund sind, Sheriff", sagte der Marshall. „Einen Mann wie Sie könnten wir hier gut gebrauchen. Ich danke ihnen im Namen der Stadt Colorado Springs. Ich verdanke Ihnen mein Leben, Marshal", so der Sheriff. „Leider muss ich ablehnen. Ich habe einem kleinen Jungen etwas versprochen. In der nächsten Woche geht es nach Omaha."

Der Tag des Abschiedes aus Colorado Springs nahte. Familie Cobb wurde mit großem Beifall verabschiedet. „Ich werde nach Omaha telegrafieren. So dass dort alles vorbereitet wird. Das ist das Mindeste was ich tun kann, um Ihnen das Leben dort zu vereinfachen", versprach der Sheriff von Colorado Springs.

Der Weg nach Omaha war lang und beschwerlich. Über 600 Meilen waren zurückzulegen. Der alte Planwagen musste oft von John repariert werden. Es war heiß. Die Sonne war mörderisch. Langsam gingen die Essens-Vorräte zu Ende. Wasser hatten sie genug, denn die Bewohner in Colorado Springs empfahlen die Route am Platte River entlang. Die Stadt Lexington war das nächste Ziel, um alle Vorräte aufzufüllen. In Lexington erwarb John zwei Reitpferde und alles was nötig war, um den Rest der Reise zu überstehen. Nach zwei Tagen ging es weiter in Richtung Omaha.

Die Reise wurde jetzt abwechslungsreicher. Hin und wieder sah man nun Eisenbahnarbeiter. Der kleine Joe verfolgte alles sehr aufmerksam. Kurz vor Lincoln sahen Lydia und John Rauchwolken am Horizont. „Ich reite voraus und sehe mir das einmal an. Nimm das Gewehr", sagte John etwas besorgt zu seiner Frau. Er selbst nahm den umgebauten Colt mit. Vor der Reise konnte John noch die letzte Stufe seiner Umbauaktion erledigen. John ritt los. Von weitem konnte er erkennen, dass Männer auf Pferden fünf Planwagen angriffen. Waren es Indianer? John kam näher. Es schien eine Bande zu sein. Mit Halstüchern verdeckten sie ihr Gesicht. Bis auf 1500 Meter näherte sich John an. Jetzt konnte er genau erkennen, dass Frauen und Kinder in den Planwagen waren. Die Väter verteidigten sich tapfer, waren aber chancenlos. Sie waren mit der Bande völlig überfordert. John suchte sich eine leichte Anhöhe. Jetzt schraubte er Laufverlängerungen an seinen umgebauten Colt. Er wechselte die Trommel aus, befestigte ein Zielfernrohr und legte die Spezialmunition mit Kysilium ein. Die 1500 Meter waren locker zu schaffen. Er zielte auf die Bande. Natürlich sollten die Frauen, Männer und Kinder nicht verletzt werden. John schoss. Das Geschoss heulte durch die Luft. Es erinnerte John an das abstürzende Raumschiff. Eine Explosion zwischen den Angreifern. Sie irrten herum. John schoss wieder. Eine Kugel legte er noch nach. Wieder Explosionen. Die überlebenden Angreifer suchten das Weite. Mittlerweile war Lydia mit dem Planwagen angekommen. Sie fuhren nun zu den Familien.

Die Kinder liefen Lydia und John schon laut rufend entgegen: „Sie haben uns gerettet, Sie haben uns gerettet! Dankeschön!" Abends am Lagerfeuer erzählten alle Geschichten aus dem Leben. Die

Gruppe kam aus Irland und wollte sich als Farmer in Amerika niederlassen. Zunächst dachten sie an das Gold. Aber als Goldgräber war es mit Kindern viel zu gefährlich. Alle zogen von Dublin aus in den Westen. „In Dublin wohnen meine Eltern", sagte Lydia. „Ach, wie klein die Welt ist. Wo denn da?", fragte Jane McReed. „Nahe des Hafens", antwortete Lydia. „Ja, der Hafen zur Irischen See ist wunderbar. Wir haben ihn oft besucht", so Jane.

Zufrieden legten sich alle um das Lagerfeuer zum Schlafen.

Nach der Verabschiedung am frühen Morgen zogen die Farmer nach Westen und Lydia und John weiter nach Osten. In Omaha, nach langen 600 Meilen, wurden sie vom Hilfssheriff Cliff Northon freudig empfangen. „Ich habe für sie ein Hotelzimmer gebucht. Robert kümmert sich um ihr Gepäck und den Planwagen. Ruhen sie sich erst einmal gut aus."

Am nächsten Tag ging John ins SHERIFF'S OFFICE und erklärte sein Anliegen. „Deputy, es wurden auf dem Weg hierher Siedler überfallen. Irische Farmer, die nun auf dem Weg nach Westen sind. Ich musste viele Angreifer erschießen. Ich schreibe noch einen Bericht." „Das ist kein Problem. Ihr Ruf eilte von Colorado Springs voraus. Ich werde alles Nötige veranlassen. Aber auch die Stadt Omaha hat ein Anliegen. Unser Sheriff ist vor 6 Tagen erschossen worden. Am Sterbebett gab er mir dieses Telegramm von seinem Freund in Colorado Springs. Sie haben dort die Stadt gerettet und das Leben vieler Bewohner. Ich benötige Ihre Dienste", so der Hilfssheriff Cliff Northon.

Lydia und John richteten sich in einem kleinen Haus am Rande der Stadt gemütlich ein. Es hätte auch noch ein größeres Haus gegeben, aber der große Stall war dann doch ausschlaggebend. Hier konnte Stan seine Arbeiten an den Waffen fortsetzen. Und gerade damit begann er sofort, während seine Frau das Haus einrichtete. Herrliche Stoffe für Vorhänge, ein wunderschönes rotes Sofa, ein Teeservice aus Germany und viele Dinge mehr, die Lust auf einen gemütlichen Feierabend machen sollten. Die Kinder aus der Nachbarschaft brachten dem kleinen Joe Spielzeug aus Holz. Lydia fand eine Anstellung als Lehrerin.

„Guten Morgen, Cliff. Ist ein herrlicher Tag heute", sagte Marshal Cobb. „Ja, wunderbar. Haben Sie sich gut eingerichtet, Marshal?" „Wir sind sehr zufrieden. Es sind so viele nette Menschen in Ihrer, sorry, unserer Stadt." „Stimmt. Unser ehemaliger Sheriff hatte alles gut im Griff. Wir haben nur Probleme mit den Besitzern der Erz-Mine im Norden." „Hat der Tod des Sheriffs damit zu tun?" „Korrekt. Und ich würde denen gern das Handwerk legen." „Sagt Ihnen der

Name Pedro Morgeno etwas?", fragte der Marshal. „Ja, der Sheriff in Colorado Springs sendete einmal ein Telegramm. Mehrere Mexikaner wurden verschleppt. In der Mine arbeiten viele Mexikaner. Die Besitzer, die Brüder Dennon, haben eine Festung aus der Mine gemacht. Niemand kommt rein, niemand raus. Sie selbst kommen samstags zum Bier in die Stadt und nehmen Proviant mit." „Und was geschah mit dem Sheriff." „Es gibt angeblich keine Zeugen, denn die Brüder Dennon zwangen alle Besucher des Saloons sich umzudrehen. Angeblich sollte es ein faires Duell gewesen sein. Aber der alte Hardy sagte, der Sheriff wurde von zwei Mann festgehalten." „Wo finde ich diesen Mr. Hardy?", fragte der Marshal nach. „Erschossen. Zwei Tage nach der Aussage fand ich ihn hinter dem Pferdestall." „Morgen reite ich zu der Mine, werde die Lage einmal prüfen." „Soll ich Sie begleiten?" „Nein, in der Stadt muss ein Gesetzesvertreter bleiben." „Aber Pete könnte Sie begleiten. Er kennt den Weg." „Okay, damit bin ich einverstanden."

Am nächsten Morgen starteten der Marshal und Pete zur Mine. „Dort sind die ersten Wachposten, Marshall. Wir reiten um die Felsen herum, dann können Sie den Eingang der Mine sehen", erklärte Pete. Mit seinem Fernrohr sah der Marshal, dass die Arbeiter ausgepeitscht wurden. Ein Mexikaner lief davon. Er wurde von einem Aufseher ohne zu zögern erschossen. Pete sagte: „Das war Mike Dennon, er trägt ein rotes Halstuch. So ein Schwein. Aber alle sind sie Schweine." Pete war verbittert.

Am Abend beratschlagten Cliff Northon und der Marshal die Lage. „Morgen ist Samstag. Ich nehme mir die Dennon's morgen zur Brust." Sie ritten zurück.

Lydia hatte ein herrliches Abendessen vorbereitet. „Was macht unser Sohn?", fragte John. „Er wächst und gedeiht, Liebling. Mit seinem Holzrevolver spielte er heute mit den Kindern im Hof. Soll er später auch einmal Marshal werden? Was meinst Du?" „Politiker wäre mir lieber. Wir kennen doch die Weltgeschichte." Nach dem Essen ging John noch in den Stall, den er sich zu einem Arbeitsraum eingerichtet hatte. Es wurde spät. „Schläfst Du Schatz?" „Ich habe noch auf Dich gewartet. Die Rechenarbeiten habe ich schon korrigiert. Was hast Du gearbeitet?" „Ich habe den Colt weiter verbessert. Schlafe gut, mein Darling."

Der Samstag begann ruhig. Gegen 16 Uhr trafen die Dennon's in der Stadt ein. Nach dem Einkauf gingen Big Dennon, Jack Dennon und Mike Dennon in den Saloon. John trat ebenfalls ein: „Mein Name ist Marshal John W. Cobb. Um mir einen Überblick zu verschaffen werde ich sie Montag besuchen." „Was sagt die Kakerlake?", murmelte Big Dennon. „Die Kakerlake will zum Tee kommen, Big Dad", provozierte Mike Dennon. „Ach ja, Mike Dennon?", so der Marshal. „Was willst Du, Kakerlake?" „Ich nehme Sie wegen Mordes im Namen des Gesetzes fest." Mike Dennon griff zum Revolver. Der Marshal war schneller. „Drücken Sie ab, sind Sie eine Leiche", sagte der Cobb. In diesem Augenblick kam der Hilfssheriff mit einer Winchester in den Saloon und hielt die anderen Dennon's in Schach. Jack und Big Dennon verließen die Stadt mit der Androhung: „Ich hole meinen Jungen hier raus. Und Dich, Kakerlake, vernichte ich mit einem Kugelhagel!"

Mike Dennon wurde eingesperrt. „Ich telegrafiere Richter Smith in Kansas City, aber das wird 30 Tage dauern, bis er hier ist", sagte Cliff Northon. „Nun, ich bleibe dabei, Montag erledige ich die Bande. Es dürfen nicht noch mehr Menschen in der Mine sterben." „Marshal, muten Sie sich nicht zu viel zu, man lebt nur einmal. Aber bei dieser Brutalität ist es fraglich, ob es noch Menschen im Jahr 1970 auf diesem Planeten gibt." „Mann, wenn sie wüssten", murmelte Cobb.

Marshal John W. Cobb machte sich am Montag um 9 Uhr auf den Weg zur Mine. Der Marshal wollte die Sonne im Rücken haben. Er beobachtete wie Big Dennon, Vater von Jack, Norman, Robert und Mike, die Wachen verteilte. Drei Mann patrouillierten um den hohen Zaun herum. Cobb wartete ab, die drei

Männer ritten auf den Eingang zu. Die Sonne stand gut. Das Mündungsfeuer des umgebauten Colts konnten sie bestimmt nicht erkennen. Ein gezielter 1000-Meter-Schuss und die drei Reiter starben an der Explosion. Das gut gesicherte Eingangstor brach zusammen. Die Dennon's und ihre Revolverhelden rannten aus dem Haus, schossen wild um sich und suchten Schutz. Cobb ortete jeden von ihnen. Er schoss auf die Pferdetränke... eine gewaltige Explosion durch das Krysilium töte den Revolvermann. Der nächste 1000-Meter-Schuss traf das Haupthaus, es ging in Flammen auf. Die Sache lief gut. Plötzlich bemerkte der Marshal, dass hinter seinem Rücken eine Handvoll Männer entkamen. Der Marshal ritt um den Hügel herum, um zurück in die Stadt zu kommen.

Dort angekommen sah er die aufgeregten Bürger. Hier passierte einiges. Mike Dennon überrumpelte den Hilfssheriff und bot den Revolverhelden Ross und Clark 500 Dollar für die Ermordung von Marshal Cobb. Clark brachte noch seine fünf Freunde mit. „Marshal, ich habe einen Fehler gemacht. Jetzt wird die Bande unsere Stadt in Schutt und Asche legen", wimmerte Cliff Northon.

Alles beruhigte sich wieder, denn Cobb sagte mit seiner beruhigenden Stimme: „Alles wird gut, Leute. Ich nehme den Kampf auf. Wie in Colorado Springs benötige ich den schnellsten Reiter unter euch.

Er muss frühzeitig ankündigen, wann die Bande von der Mine aus losschlagen will." Jetzt hatte Cobb es mit den Ganoven in der Stadt zu tun und mit denen, die noch kommen werden. John ließ seinen alten Planwagen aus dem Stall holen. „Ist der schwer zu schieben... Marshal... was haben Sie hier verbaut?", rief Pete und quälte sich mit vier weiteren Männern. Den Wagen ließ der Marshal vor das Office schieben. Man sah wohl, dass die Holzräder durch Stahlräder ausgetauscht wurden. Aber der Rest schien Holz zu sein. Er war nun höher als sonst, das sah man aber nicht, da das bogenförmige Planwagendach viel verdeckte. Die Bürger sollten in ihren Häusern bleiben. Lydia und Joe versteckten sich im Office. „Sie kommen! Sie kommen!", rief der Beobachtungsposten. Jetzt war die Stadt totenstill. Aus zwei Richtungen griffen die Revolverhelden an. Sie sahen den Planwagen und den Marshal darin, sofort schossen sie aus allen Rohren. Das Planwagendach wurde weggeschossen. Der Wagen wurde durchlöchert. „Wir haben ihn! Legt die Stadt in Schutt und Asche!", schrie Big Dennon. Wie aus dem Nichts stand plötzlich der Marshal im Planwagen auf und schoss im Zehntelsekundentakt auf alles was sich bewegte. Auf seinem Colt war ein langer Schacht angebracht, in dem 100 Schuss Munition waren. Die Revolverhelden waren irritiert und schossen entweder weiter oder suchten Schutz im Saloon. Der Marshal setzte das nächste Magazin auf. Nun war die Munition mit Krysilium bestückt. 100 Schuss... unendliche Explosionen... es gab um den Planwagen herum nur noch Tote. Das Magazin war leergeschossen. Jetzt setzte Cobb die umgebaute Trommel mit 9 Schuss wieder in den Colt ein. Langsam ging er zum Saloon. Robert Dennon war noch nicht erledigt. Von einer Kugel getroffen stand er auf, versteckte sich hinter dem Planwagen und zielte auf den Sheriff. „Kakerlake, du bist jetzt dran!" Der Marshal war in der Falle, er stand zwischen Planwagen und Saloon. Ein Schuss fiel. Robert Dennon brach zusammen. Lydia zielte genau. „Und jetzt mache sie fertig, John!", rief sie ihrem Mann zu. Vier Mann standen vor dem Saloon und waren geschockt. Sie zogen ihre Kanonen und schossen auf den Marshal. Die Kugeln landeten im Sand, der Marshal war noch zu weit entfernt. Die Männer luden nach. „Ihr seid verhaftet, legt die Waffen nieder!", rief Marshal John W. Cobb. Die Männer schossen weiter. Cobb zog den Colt. Drei Kugeln aus Krysilium schossen pfeifend durch die Luft. Explosionen... Tote.

Revolverheld Frank Ross und Mike Dennon waren noch im Saloon. „Weitere 1000 Dollar wenn wir das Schwein erledigen.", bot Mike an. „Okay", antwortete Frank Ross. Der Marshal kam durch die Pendeltüren. Die Männer standen sich nun gegenüber. Der Marshal hatte nun noch sechs normale Patronen. Es wurde nun ein echtes Duell. "Zieh!", schrie Mike Dennon. Der

Marshal achtete nur auf die Augen der Gegner. Er hörte nichts und sah nichts anderes. Dann das Zucken bei Frank Ross. Der zog den Revolver. Blitzschnell zog der Marshal, mit dem Daumen spannte er den Hahn, der Zeigefinger reagierte sofort. Zwei Schuss! Die eine Kugel traf Frank Ross. Ross' Kugel traf nur die Pendeltür. Mike Dennon zog auch die Waffe. Wieder war der Marshal schneller.

Die Stadt feierte den Erfolg. „Marshal, was war denn nun mit ihrem Planwagen los, warum war der so schwer?", fragte Pete. „Ich habe Stahlplatten von den Eisenbahnen eingebaut", antwortete der Marshal. „Hey, unser Marshal hat eine eigene Eisenbahn", lachte Pete. „So, jetzt will ich noch los zur Mine. Ich habe dem kleinen Pedro ja etwas versprochen!", rief Cobb in die Runde. Er nahm ein Bild von sich, mit seiner Frau und Joe, mit zur Mine. An der Mine angekommen fand er noch etwa eine Handvoll Mexikaner vor. „Ist Mr. Morgeno unter ihnen?", fragte der Marshal. „Ich bin Jose Morgeno", sagte ein Mann. „Dein Sohn hat mich geschickt. Hier sind 100 Dollar. Zeige ihm dieses Bild und grüße Deinen Sohn von seinem Mr. Marshal."

Abends fielen sich Lydia und John in die Arme. „Was macht unser Sohn?", fragte John. „Er wächst und gedeiht", lachte Lydia.

Viele, viele Jahre war John W. Cobb noch Marshal in Omaha. Jede Menge Abenteuer hatte er noch zu überstehen, denn der Wilde Westen war wild und unberechenbar. Lydia wurde Schulleiterin. Ihr Sohn Joe wurde in New York Richter. Bei Ausgrabungen im Jahr 2016 fand man nördlich von Omaha den Spezial-Colt und eigenartige, nicht von dieser Erde stammende Patronen, die hochexplosiv waren. Das unterlag der höchsten Geheimhaltung. 2018 fand eine Pfadfindergruppe in der Wüste, westlich von Colorado Springs, das UFO. Viele Fernsehsendungen befassen sich heute damit. Fragen über Fragen…